诗收获

2019年夏之卷

李少君
雷平阳
主　编

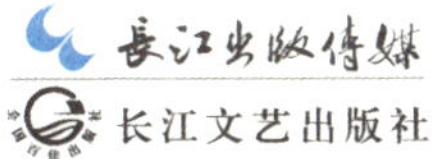

长江文艺出版社

诗收获

2019年夏之卷

编委会

主　办：长江诗歌出版中心　中国诗歌网

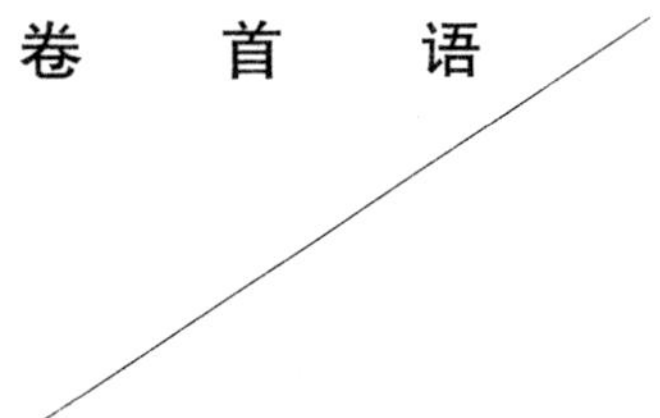

卷首语

儿子罗德里戈出生后，马尔克斯邀请做神父的朋友卡米洛·托雷斯为之施洗。仪式开始，神父开口就用西班牙语郑重地说道："相信圣灵此时降临在孩子身上的人，请跪下。"

在场的人包括马尔克斯夫妇都没有跪下，以为这是神父在"滋事"，但在那座巴勒莫医院的小礼拜堂里，一位与洗礼仪式无关的穿麻鞋的农夫跪了下去。几十年后，马尔克斯就此写道："这一幕使我深受震动，作为我生命中的严厉训诫之一，一直跟随着我。我始终觉得是卡米洛处心积虑地找来那位农夫，专门教训我们，告诉我们何为谦卑，或至少，何为教养。"

一部《活着为了讲述》，马尔克斯让我们知道了他众多作品的出处，而且非常大方地展示了"原型"与"作品"之间神奇的关系，坦荡，真诚，平静。他当然没有将"这一幕"的启示列入其写作所必须遵守的律条之中，但我们不难发现，《百年孤独》《霍乱时期的爱情》《没有人给他写信的上校》《恶时辰》《礼拜二的午睡时刻》等作品之中，无处不在的"谦卑"与"教养"，无论是在语言上，还是在精神倾向上。在我们的写作现场，谦卑与教养，以及发自内心的信仰，已经少得可怜，如何正视，或许已是一个大问题。

2019 年 7 月，昆明

诗收获

2019年夏之卷

目录

季度诗人//

组章//

诗集诗选//

域外//

推荐//

中国诗歌网作品精选//

评论与随笔//

季度观察//

彭飞 《结构》局部 水彩画 74cm × 54cm 2018 年

季度诗人

潘洗尘诗选

/ 潘洗尘

潘洗尘，当代诗人。1963 年生于黑龙江，1986 年毕业于哈尔滨师范大学中文系。

20 世纪 80 年代开始诗歌创作，有诗作《饮九月初九的酒》《六月我们看海去》等入选普通高中语文课本和大学语文教材，作品曾被译为英、法、俄等多种文字，先后出版诗集、随笔集 12 部。

曾主编《中国当代大学生诗选》《读诗——中国当代诗歌 100 首》《诗探索丛书》《生于六十年代——两岸诗选》《生于六十年代——中国当代诗人诗选》《诗歌 EMS · 60 首诗丛》《读诗库》等书系。

曾任《星星》诗歌理论月刊等刊物执行主编、主编。2009 年以来先后创办并主编《诗歌 EMS》周刊、《读诗》《译诗》《评诗》等多种诗歌选本。

曾获《绿风》奔马奖、柔刚诗歌奖、《上海文学》奖、《诗潮》最受读者喜爱的诗歌年度金奖、《新世纪诗典》李白诗歌奖成就奖、2016 年度十大好诗、2016 年度中国十佳诗人等多种诗歌奖项。

现为天问文化传播机构董事长、《读诗》主编、天问诗歌艺术节主席。

请原谅

如果词语
始终不能唤醒你们

请原谅
我要抒情了

可以预见

多么漫长的冬天
寒冷一脸狞笑
看　我们可以不费
一兵一卒
一枪一弹

但越冬的人
早已在内心
点起了炉火

这灼烧
这翻腾
这愤怒

可以预见
请原谅一个
如此主观的词语吧
因为春风未起
我已认出了
那些灰烬

极端的阅读

自从装了壁炉之后
家里烧得最多的
不是柴
是诗

比如自己的
《燃烧的肝胆》

在我看来
这才是一种
极端的阅读方式
好的诗歌
不仅可以火焰更高
散发的热量
也会更强

所以每天清理炉膛
我都会先把自己的手
洗得干干净净
然后　开始在那一堆
灰烬中
翻检好诗留下的
舍利子

冬至

说到底　我还是一个
北方人
虽然生活在

草木葱茏的世界
但我知道自己
真正需要的
也就那么一两株
单调的杨柳
就像此刻我的窗前
百鸟啾啾
但真正能在我心里筑巢的
也还是那三五只
枯燥的麻雀

原谅我不能
把冬至和你一起当节日
当我写下这两个字：
冬至——
就是写下被大雪湮灭的
所有道路
就是写下大片大片
滴水成冰的土地之上
那终将无法避免的
大片大片的死亡
我惊慌得甚至来不及
细想这些词
蕴含着怎样的
隐喻

这世界真的是
冷　太冷了
今天不分男女老幼
我对收到的所有问候
都复以简单的
拥抱

花园里那棵高大茂密的樱桃树

花园里那棵高大茂密的樱桃树
就要把枝头探到床头了

回家的第一个晚上睡得并不好
但看着叶子间跳来跳去的鸟
我还是涌起阵阵欣喜

如果有一天能变成它们当中的一只
该有多好啊

我还可以继续在家中的花园飞绕
朋友们还可以时不时来坐坐

想到此　我好像真的就听到谁
手指树梢说了一句　你们看
洗尘就在那儿呢

撑

这些年
也包括那些年
人生　就像一把
随时撑着的伞

现在　必须要撑起的
还有这条命

一个人

一个人坐火车
一个人吃饭
一个人编刊物
一个人办诗歌节

一个人在
去往天堂的路上
还有许多未竟的事儿
所以一个人睡觉前
要把救命的药瓶打开
放在床头

路上方知身是客

友人问　今天去哪儿
答曰　回大理
话一出口
便觉得哪儿有不妥

火车上　我反复思忖
究竟是什么
让我一直如鲠在喉
最后终于发现
自己是被卡在了
一个“回”字上

我们的家园到底在哪儿
到底哪儿才是我们的故乡
此刻　就算远在 4800 公里之外

我出生的那个小村子
我还有资格称其为故乡吗
我们还有可以称其为回的
家园吗

走了大半生
才发现始终是在走一条
永远有去无回的路
而终其一生　我们呵
也许就只是在做两件事
客居他乡和
客死异乡

致女儿（三）

给你什么
我都是欠你的
唯因你
叫了我这么多年的
爸爸

不是财富
更不是声名
而是你的这一声声
爸爸
让我完成了
一生

一张欠条

欠山的　欠水的
尤其欠这大地的

更欠这大地上
那些非亲非故的
粮食的

所以　死后不要烧了我
请把我当成欠条
埋在泥土里
这辈子还不完的
让我来世接着还

无题

唯因生活在地狱
心里就更需要一个
天堂

那是什么时候的我呀

那是什么时候的我还能
枕着稻田里厚厚的蛙鸣
醒来睡去睡去又醒来
如今窗前的禾苗还在
不停地长
却只有五千亩的寂静
空荡荡寂静
空荡荡

那又是什么时候什么时候的
我呀还能背着女儿
跟院子里的蚂蚱和狗儿
跑来跑去跑来又跑去
如今燕子的翅膀已被女儿

借走了
唯留一排屋檐
空荡荡屋檐
空荡荡

那到底是什么时候
什么时候的我呀还能和母亲
一起坐在家门口
如今只剩我的一颗心
化作孤零零的稻草人
守着母亲的墓地
空荡荡墓地
空荡荡

神的见证

命不在我们自己手上
命运也不在

我们只是来替代某些东西
然后被另一些东西替代

神之所以都在天上
就是为了见证
人的愚蠢

生活已足够悲苦

我承认自己脆弱
所以怕极了朋友圈
传出的各种噩耗

生活已足够悲苦
谁都会有那么一天

所以轮到我时　恳请
我至亲至爱的朋友们
不发讣告
不悼念
也不回忆

那我也知道
你们是爱我的！

何况　平时大家就很少见面
谁也不说死了
就等于活着
这样多好

没有对错

做过很多错事
不能忘　但也不想说了

但有两件
是做对的

23 岁辞去公职
44 岁再辞私职
尽管那时
我对地球离开谁都会转的
这句话
还不甚了了

但现在
似乎只剩下一件事了
等那么一天
再向生命请辞
没有对错

回到苍山

苍山　像一部
巨大的自然圣经
每一棵树
每一块石头
都值得用一生去读

对　我就是那个
满身松嫩平原的
黑色泥土味
心里却长满了
云南山水的人

写在母亲离去后的第七十五个深夜

清晨洒进窗口的阳光
傍晚不肯离去的云
深夜散步时头顶的星空
睡熟后床头一直亮着的灯

甚至　每次我从梦中醒来
脸上都还留着母亲
手上的余温

我知道　母亲来看我的路

有千条万条
而我再次见到母亲的路
就只剩下一条

生命如何延续

这些年　我拼命地种树
想若干年后
让它们替我活着
因此　我总是选那些
习性与我相近的品种
但我忽略了　自然界的任何物种
包括人类的基因突变
随时都可能发生

于是　我只有写诗
并且只写那些
与自己的生命
血脉相连的诗

我时刻提醒自己
要尽可能地使用
最有限的字与词
以期此刻不再过度消耗
自己的气力
将来也不至于过多浪费
他人的生命

母亲的嘱托

父亲　从现在开始
你必须接受

我一个人的
两份爱

还有一份
是我们痛不欲生时
母亲让我
转给你的

一切都尽可以归零了

一些小积蓄
算不上什么财富
一点小名气
更不敢奢谈名望
去年被医生宣判
得了不治之症
原本的这些身外之物
也还都留在心中

但母亲走了
一场痛彻的灵魂浩劫
让一个从此来路不明的人
终于明白
一切
都尽可以归零了

坐在垃圾桶上的父子

父亲从身下抽出一块硬纸板
说：你也坐会吧

这是和北方的午后一样

宽阔的马路
从前我习惯了从马路对面的家里
看窗前的稻田
今天还是第一次　随父亲一起
端坐在相反的方向　看家——
仿佛母亲一会儿就会从
院子里走出来

一辆辆大客车小轿车卡车摩托车
从眼前湍急地驶过
它们都像是从昨天开来的
它们并不知道
也不在意
垃圾箱上这对父子的心中
那再也不会随季节变换的
广大的哀伤

再过不了几天　身后的这片水稻
就该泛黄了
那时　这对心如刀割的父子
也许不会坐在这里
此刻　他们更像是在等待黄昏
等待那辆收垃圾的叉车

最后所见

弟弟妹妹们告诉我
母亲走时　神态安详
嘴角带着微微的笑容

而我的最后所见
却是在重症监护室　当我说

"妈，有我在你不要害怕"时
当时已没有意识的母亲
眼角涌出的那滴
慈母泪

惜——

我用大半生的时间
换了不到 300 首诗
她们大多都与土地　时间
以及生命有关

如果你能从这一堆词语中
读出一个字——惜
我这大半生啊
就没白写

夕阳赋

将落未落的太阳
拖着半明半昧的影子
在傍晚之前溜进病房
此刻　它心怀某种慈爱
想在黑暗到来之前　再照耀一会儿
床上罹患肺癌的母亲
和床前同样身染肝癌的儿子

在这斑驳的光影里
母亲突然咳嗽起来
一阵阵　像是要把一生的苦辣酸甜
都咳给这夕阳

剧烈地咳过之后
母亲的神态　儿子的表情
以及整个病房
瞬间又恢复了一片安详

仿佛母亲和儿子心里都明白
在这凄凉的人世
操劳大半生的母亲
和颠沛流离的儿子
能这样安详地在一起
已然是一种幸福
当然　容易满足的母亲并不太了解外面的世界
只有心如明镜的儿子懂得
此情此景
与那些本该更好地活着
却被挫骨扬灰的人相比
至少一点儿也不显得
悲壮

分水岭

2016 年 9 月 12 日
是我对时间认知的分水岭

在此之前
每当遭遇痛苦　挫折
或者危险的时候
我的心里
总是会或多或少地抱怨
时间
怎么过得这么慢啊

而在此之后
哪怕是深夜里做了一个
冷汗淋漓的噩梦
醒来后也会觉得
时间太短
太短

还给母亲

我的身体　是 50 年前
母亲给的

现在　即便是它
被疼痛和哀伤碾碎
也顶多是
还给母亲了

恶性的一年

X 光下
这真是恶性的一年

绝症开始缠身
往昔仅有的
可以做一点点事儿的自由
也丧失了

好在这一年
并不乏善可陈的记忆
还有很多
比如茶花落了
紫荆才开

抽了四十年的烟
说戒就戒了
从不沾辣的女儿
开始吃毛血旺
和水煮鱼

想想这一生

想想这一生
有不满　不如意
但没有恨　也没恨过

唯有爱
那些沉默的
疯狂的
狠狠的
不要命的爱

如今
都变成了诗

我的爱

我的香烟
我的足球
我的诗歌
我的爱人
从前　我的爱
桩桩件件都大过生命

现在　请允许我后退半步
多爱一点

自己残存的生命

以积蓄微弱的能量
继续爱

恐惧

像一只独自亢奋的蝙蝠
在火中飞舞　我一次次地试验
抽走这些药片
我看见自己的意志
始终在黑夜与白昼的屋檐上穿行
而身体像一部就要散架的战车
敢不敢再坚持一分钟！

而一分钟后我将看见什么
自己的碎片？

深夜祈祷文

深夜里的这个瞬间
让我再一次抵达了一天中
最明媚的时刻
为什么人或什么事
我刚刚放声痛哭过
感谢这深深的夜
把自由、天意和福祉
带给一个内心灰暗而
深情的人

我不会为在明天的阳光或
暴雨中再遇到什么人或

什么样的命运而
浪费一分一秒
此刻　我每多写下一个字
这宝贵的黑夜都可能被
黎明删除
我要深深地　深深地闭上
什么也看不见的眼睛
哪怕用废自己的身心
也要为每一个善良或
不善良的人
再做一次
祈祷：

我看见了妈妈肺部的肿瘤
正渐渐缩小

这是什么样的恩泽啊我将
用刀刻在心上
为此我祈求上天：
也迟一点给那些坏人报应吧
我这带病之身愿意死上千次万次
也要帮他们在遭报应前
一个个都变好

黄昏的一生

黄昏来时
远处的风很大
院子里被吹落的杏花
在兴奋地散步
偶尔有车从门前经过
越来越亮的尾灯

渐渐淹没了扬尘

黄昏的脚步
走得很慢
像一个了无牵挂的
绝症病人
它要把自己
一步一步地挪进
更黑的黑暗

一定有很多人
都看见了这个黄昏
但只有我
看清了它的一生
并能在另一个黄昏到来前
说出它
心中的遗憾

致女儿——

从 8 岁到 13 岁
你把一个原本我
并不留恋的世界
那么清晰而美好地
镶嵌进我的
眼镜框里

尽管过往的镜片上
仍有胆汁留下的碱渍
但你轻轻地一张口
就替这个世界还清了
所有对我的

欠账

从此　我的内心有了笑容
那从钢铁上长出的青草
软软的　暖暖的
此刻我正在熟睡的孩子啊
你听到了吗

自从遇见你
我竟然忘了
这个世界上
还有别的——
亲人

发光的汉字

我习惯
在黑夜里写诗
所以只使用那些
可以发光的
汉字

辩护

童年的乡野　广袤的夜空与
无遮拦的大地
要为云辩护为风辩护
面对无时不在的饥饿
还要为贫困
辩护

穿越城市宽敞的大道

要为乡下泥泞的小路辩护
在命运的曲曲折折里屡挫屡战
必须学会为可怜的自尊
辩护

偶尔有恨袭扰心头
要为爱辩护
与蝇营狗苟和小肚鸡肠擦肩
还要为胸怀与胸襟
辩护

讨厌这个世界的混杂
就要为简单而直接的抒写辩护
而对着满目欺世盗名的黑
就不能不为破釜沉舟的白
辩护

只有在真理面前
我会放弃为谬误辩护
就像面对即将到来的末日审判
我绝不会为今天
辩护

在树与树之间荒废

四十年前　我在这个国家的北边
种下过一大片杨树
如今她们茂密得　我已爬不上去
问村里的大人或孩子
已没有人能记得当年
那个种树的少年

四十年间　树已无声地参天
我也走过轰轰烈烈的青春和壮年
写下的诗　赚过的钱　浪得的虚名
恐怕没有哪一样　再过四十年
依然能像小时候种下的树一样
烟消了云也不曾散

于是　四十年后
我决定躲到这个国家的南边儿继续种树
一棵一棵地种　种各种各样的树
现在　她们有的又和我一般高了
有时坐在湿润的土地上　想想自己的一生
能够从树开始　再到树结束
中间荒废的那些岁月
也就无所谓了

为一株盛开的三角梅

为一株盛开的三角梅
枯等了卖花人 40 分钟
然后跟着送花的手推车
一路与街坊打着招呼
穿过熙熙攘攘的半个古城
再加上移栽　浇水和施肥
整个过程　耗光了我的一个下午
这可能是我来日的几万分之一
如果天有不测　可能所占比例更多
但这个过程　仍比这首诗重要
至少　也比写这首诗重要

去年的窗前

逆光中的稻穗　她们
弯腰的姿态提醒我
此情此景不是往日重现
我　还一直坐在
去年的窗前

坐在去年的窗前　看过往的车辆
行驶在今年的秋天
我伸出一只手去　想摸一摸
被虚度的光阴
这时　电话响起
我的手　并没有触到时间
只是从去年伸过来
接了一个今年的电话

小城之恋

我初恋的四个女孩儿
都与这座小城有关

她们都只比我小一岁　却分别在
16 岁
17 岁
18 岁
19 岁
爱上我
她们是伙伴　且个个面容姣好
我想　那一定与家乡的那条大江有关

现在　她们当中有三个和我一样
早已离开小城多年
一个远在异国他乡　直到今天
还是我很亲很近的朋友
另两个据说各居中国南北
但与我却形同陌路　几十年杳无音信

唯一一个还留在小城的
却已注定要永远留在这片土地上了
今年春节　一个后来一直跟她要好的同学告诉我
她　在去年
死了

死了　怎么可以这么轻描淡写
这个消息　让我难过得整夜整夜无法入睡
几十年来　她鲜活的生命
怎么就从未划过我的记忆
而让我更难过的　却是在她香消玉殒之后
我也许仅仅只能用这一个夜晚
来想念她

盐碱地

在北方　松嫩平原的腹部
大片大片的盐碱地
千百年来没生长过一季庄稼
连成片的艾草也没有
春天过后　一望无际的盐碱地
与生命有关的
只有散落的野花
和零星的羊只

但与那些肥田沃土相比
我更爱这平原里的荒漠
它们亘古不变　默默地生死
就像祖国　多余的部分

熄灭

一盏灯　从我的身后
照耀经年
我总是抱怨她的光亮
经常让我　无所适从
无处遁形

现在　她在我的身后
熄灭了　缓缓地熄灭
突然的黑　一下子将我抓紧
我惊惧地张大嘴巴
却发不出声

“母亲来看我的路”：潘洗尘短诗短论

/ 冯强

他转化的身份被允许通过

——耿占春《论晚期风格》

在进入潘洗尘的诗歌之前，我们先来回顾俄耳甫斯和欧律狄克的传说。欧律狄克中蛇毒而死，俄耳甫斯为了再见妻子，舍身下到可怖冥府的黑暗洞穴。他的歌声迷惑了冥河摆渡者卡隆、守卫冥府大门的三头狗科博里斯和魔鬼爱里宁，最后惯见悲惨命运的冥王哈德斯也被感动，答应了他带走妻子的请求——只有一个条件：领妻子走出冥府之前决不能回头看她，否则欧律狄克将永远不能回到人间。他们一前一后默默地走着，沿途一片阴森。终于看到了人间的微光，俄耳甫斯回过身来凝视妻子想拥抱妻子。于是一切像梦幻一样消失，死亡的长臂又一次将他的妻子拉回冥府。俄耳甫斯独自留在人间，并被终生囚禁在欧律狄克的名字中，即使被后来爱上他的女人们撕成碎片，他被割下的头颅依然会叫着欧律狄克的名字，在爱布河冰冷的河水中。

我们把这个神话改写一下：欧律狄克不是俄耳甫斯的未婚妻，而是他最为珍惜的人或物，是某个外部客体。有一天，这个外部客体死亡了、丧失了（甚至只是被宣布死亡或丧失了），他无力面对客体丧失的痛苦，不能接受这个现实，于是将（宣布）已死的外部客体迁移至他的内部无意识之中——也就是神话中的冥府——将其改造为随时可以见到、随时可以亲近的、万能的内部客体。看起来，这种退行的防御避开了死亡的事实，将客体囚禁进似乎超出时间限制的无限精神领域，从而避免了丧失所爱的痛苦，但是他也失去了情感的活力，无法面对真实的外部客体并与之产生意向性的关联，就像神话中的俄耳甫斯——虽滞留在人间，冥府死亡的长臂却早已借助欧律狄克将她的丈夫拉回冥府。这个改写过的神话很好地体现了 100 年前弗洛伊德在《哀悼与抑郁症》中探讨的抑郁症症状，无力哀悼的人无法撤除曾经投注到客体身上的爱，自我不再被活着的客体的光芒而是被已丧失的客体的阴影所改变，他以这种方式否认了客体的丧失以及与客体的分离，这样，抑郁症患者就切断了与广大外部世界的联系，并由此成为已死客体无休止的俘虏。他们在无意识中逃避痛苦，也在无意识中承受着自我封闭的后果。

潘洗尘的短诗也像是一种回视，其中也有从死亡的方向看到的此时此地，一种提前封闭的扩展经验："我轻轻地关门 / 但忧伤还是从门缝里涌出 / 这一刻我无法预知　拔出的钥匙 / 还有没有机会 / 再次打开自己的家门"（《秋天的冷》）；其中也有俄耳甫斯式的抑郁症回视，"现在　我最不愿做的事 / 就是醒来 / 尤其是从梦中醒来 /——哪怕是噩梦 // 即便是在噩梦里 / 我也是健康的"（《不愿醒来　不愿从梦中醒来》），"这些年我们絮絮叨叨地写诗 / 拼尽一生　连一张纸都没他妈写满 / 那些残酷的爱情　那些现实 / 如今　唯有想象浪漫的死亡 / 这成了我们　唯一的权利"（《我们》），"不愿从噩梦中醒来"和"想象浪漫的死亡"都指向一种不自主的分裂，它将尚未到来的不祥之物内化，自我由是分裂为多个部分并通过压抑构成多个内部客体，这些内部客体之间相互交伐，经验不再是单一的，而是两个甚至更多子人格各自生成的经验叠加，这种看似统一的经验因相互消耗而需要被克服。我们理解这种感知状态，因为生命尤其是时代的无常已经为我们的抑郁做好了铺垫。你的内部，一部分的你在囚禁、监视另一部分的你，死亡就像老大哥的目光把自身的绝对光芒投射到一切渴望继续生活下去的欲望中。"我们将会在没有黑夜的地方相遇"。

"唯因生活在地狱 / 心里就更需要一个 / 天堂"（《无题》）。整体看，潘洗尘的诗歌并不固着在这种有着独裁感知方式的怪异客体（bizarre object）上，诗人有清晰的意识，"绝不会让它们 / 像在别处一样 / 赢得那么容易 // 毕竟输比赢更需要尊严 / 和体面"（《输比赢更需要尊严和体面》），对生命尊严的渴望再一次明确了诗人的身份认同（identity），我到底是谁？我应该怎样面对眼前的逆境？既然世界是一个持续变化的世界因而也是一个不断丧失的世界，我们又如何让年老、疾病和死亡与我们的生命观念相一致？也就是说，如何在持续的当下感知中持续扩展我们的同一性，以最终赢得一个有活力的人格？如弗洛伊德所说："我们所知的只有一个事实，那就是有机体期望只以自己的风格去死。"一种自身风格的死是与生命紧密联系在一起的，它是生的一部分而不是一片需要逃避的飞地，这对我们每个人都是一样的："想要看一看风景以外的东西 / 也不用再麻烦这个世界了 / 即便是跳楼　也要自己盖"（《即便是跳楼　也要自己盖》），以此来调侃冷酷的死亡，但也不妨折射权力无处不在的目光，如此，诗人离开了抑郁的冥府，走向弗洛伊德所说的哀悼。这在悼念母亲的诗歌中尤其明显。

首先是承认客体的丧失："但母亲走了 / 一场痛彻的灵魂浩劫 / 让一个从此来路不明的人 / 终于明白 / 一切 / 都尽可以归零了"（《一切都尽可以归零了》），母亲的去世让母亲的孩子显示出"来路不明"，而前方，"我再次见到母亲的路"，也"只剩下一条"（《写在母亲离去后的第七十五个深夜》）。诗人并不回避死亡单向而冰冷的回视："现在　她在我的身后 / 熄灭了　缓缓地熄灭 / 突然的黑一下子将我抓紧 / 我惊惧地张大嘴巴 / 却发不出声"（《熄灭》），"但现在 / 似乎只剩下一件事了 / 等那么一天 / 再向生命请辞 / 没有对错"（《没有对错》），母亲的离去断了"我"的来路，熄了"我"身后的灯，诗人的身份认同陷入巨大的空洞之中，这个身份最初是母亲给予的，现在它开始变得问题重重，甚至承载它的身体也出现了问题，"即便是它 / 被疼痛和哀伤碾碎 / 也顶多是 / 还给母亲了"（《还给母亲》），"那是什么时候的我呀"？他需要重新询问"我是谁"这个致命的问题，但他并不指引自己回到内部的冥府，而是努力把目光投向外部，一个可以让自己重新调整的过渡空间，以便重新在母亲已逝、自身又经受病痛折磨的处境中将自己重新诞生出来，看看《那是什么时候的我呀》中极富象征意味的一笔：

> 那到底是什么时候
> 什么时候的我呀还能和母亲
> 一起坐在家门口
> 如今只剩我的一颗心
> 化作孤零零的稻草人
> 守着母亲的墓地

空荡荡墓地
空荡荡

“如今只剩我的一颗心 / 化作孤零零的稻草人 / 守着母亲的墓地”，诗人没有直接将一颗心隐喻为母亲空荡荡的墓地，而是借助“孤零零的稻草人”这样一个中介将心和墓地并置起来，把内部客体和外部客体连接同时区分开来，避免了走向心如甚至心是死灰的抑郁局面。他把死亡的回视纳入一个更广大的目光中，如我们所见，这是尝试进行哀悼的爱的回视。他痛苦，承受着双重身份（体）危机怎能不痛苦！但是他没有以抑郁的方式逃避这痛苦，而是试图与痛苦并存，即以隐喻将痛苦表达出来，这就是哀悼经验：忍受而不是逃避痛苦，并尝试着转化痛苦。如此，“孤零零的稻草人”就是一个重新诞生的婴儿，在哀悼的心和空荡荡的墓地之间，也在坚韧的心和蠕动着希望的子宫之间。稻草人是诗人的过渡客体，它帮助诗人在与死者永不分离的愿望中间植入另一个愿望：与生者共同生活。

请注意这一句：“母亲来看我的路 / 有千条万条”（《写在母亲离去后的第七十五个深夜》）。“母亲来看我”是站到外部现实看自己，这种去主体化的被动性显示了诗人对生死两隔的理解，他不是与死者一起共存于一个看似无限的内部客体世界中，他的目光早已越出他的冥府，不是以死亡的回视将自己固着在客体上。每个人都生活在死亡的阴影下，但是若以此遮掩乃至否认日常生活所能散发出来的光辉，就有可能坠入抑郁的冥界之中。就像《恐惧》所言，“我一次次地试验 / 抽走这些药片 / 我看见自己的意志 / 始终在黑夜与白昼的屋檐上穿行 / 而身体像一部就要散架的战车 / 敢不敢再坚持一分钟！”超出死亡的自由意志把地平线拉到比死亡更辽远的腹地，“路”强化了这种距离感，“千条万条”更是溢出了死亡的单向度回视。这是比死亡更纵深更充实的回视：哀悼者的爱的回视。在最无能为力的时候，一种借助外部客体和他者看向自己的目光使自己避开了冥府的搜捕，就像珀尔修斯借助镜子的反光割下美杜莎的头颅。

“父亲　从现在开始 / 你必须接受 / 我一个人的 / 两份爱 // 还有一份 / 是我们痛不欲生时 / 母亲让我 / 转给你的”（《母亲的嘱托》），母亲本人敦促诗人接受母亲—客体的死亡，不要将其迁移内化到看似永恒实则没有期限的内部客体世界中，要求他哀悼而不是抑郁。母亲要求诗人继续爱活着的客体，父亲，而不是以无意识且死的内部客体关系来取代外部客体。这真的是一个足够好的母亲，临走也要提醒自己的孩子生成他的过渡空间，这个缓冲的空间帮助孩子重新协调两个现实秩序，即亲密客体可能消失的外部世界和一切幻想都可以实现的内部世界。

过渡空间不可避免是脆弱的，然而回视的目光就从这里投射出来：回视把抒情者置于稍微被动的位置，他让出了更多的位置给那些他曾经珍惜现在愈加珍惜的人与物，将自己暴露出来，且不避讳自己的软弱——“我承认自己脆弱”（《生活已足够悲苦》）——他诗歌的力量恰恰也源于此。意识到这一层，《坐在垃圾桶上的父子》的象征意义就更加明显：

这是和北方的午后一样
宽阔的马路
从前我习惯了从马路对面的家里
看窗前的稻田
今天还是第一次　随父亲一起
端坐在相反的方向　看家——
仿佛母亲一会儿就会从
院子里走出来

这是“母亲来看我的路”，也是母亲来看“我们”的路。父亲作为活着的亲密外部客体同诗人共同敞开创造了过渡空间，这个他们共同享有的空间与他们各自的无意识冥府拉开了相当的距离，此距离足够他们共同的死去的亲密客体从相反的方向回视他们。客体丧失没有演变为自我丧失，外部世界的主体性作为更大的客观性帮助了诗人。

回视不仅借助母亲和父亲，有时是女儿，“自从遇见你 / 我竟然忘了 / 这个世界上 / 还有别的—— / 亲人”（《致女儿——》），“不是财富 / 更不是声名 / 而是你的这一声声 / 爸爸 / 让我完成了 / 一生”《致女儿（三）》，有时甚至是借助自己种下的树：“四十年后 / 我决定躲到这个国家的南边儿继续种树 / 一棵一棵地种　种各种各样的树 / 现在　她们有的又和我一般高了 / 有时坐在湿润的土地上　想想自己的一生 / 能够从树开始　再到树结束 / 中间荒废的那些岁月 / 也就无所谓了”（《在树与树之间荒废》），因为“想若干年后 / 让它们替我活着”（《生命如何延续》）。以另外的方式参与到生者当中，参与到自然的循环当中："每天　我都会绕着她们 / 转上一圈两圈儿 / 然后　想着有一天 / 自己究竟要做她们当中 / 哪一棵的　肥料"（《肥料》）。借助亲人、未来读者和大自然的回视，诗人抵制了冥界的侵扰。

问题可以归结为，如何面对客体丧失的痛苦？是营造一个确定性的冥府并将客体安置其中，以重复冲动的方式来回返、囚禁自身对客体的爱？还是将已丧失的亲密客体送入冥府，并以哀悼的方式与客体拉开一个不确定的距离，将其保持在一个超出死亡甚至也超出爱的视野中？前者因为重复陷自身于身份停滞：因为将一切迁移至内部，它同时丧失了感知当下的核心经验和筹划将来的扩展经验，后者帮助诗人获得一个自传式自我，获得一个因转换各种非同一的痛苦和欢乐之后的身份同一感，一种从不确定性和非同一性中转化出来的确定性和同一性。这种同一性既可以扩展到陌生人之间，"这世界真的是 / 冷　太冷了 / 今天不分男女老幼 / 我对收到的所有问候 / 都复以简单的 / 拥抱"（《冬至》），也可以延伸至来世，在《花园里那棵高大茂密的樱桃树》里，诗人想象死后变成一只窗外樱桃树上跳来跳去的鸟，"我还可以继续在家中的花园飞绕 / 朋友们还可以时不时来坐坐 // 想到此　我好像真的就听到谁 / 手指树梢说了一句　你们看 / 洗尘就在那儿呢"。借用一个更广大的共同体意识，它们都构成了"母亲来看我的路"，我也朝向这"千条万条""母亲来看我的路"。"千条万条"显示出爱欲的不确定性，犹如黑夜："黑夜如此静谧而庄重 / 好事的风在收集善良的呼吸 / 或邪恶的鼾声 / 我只是负责把它们各归其档 / 这看上去是一项毫无意义的工作 / 我却乐此不疲 // 不知不觉中 / 天又亮了 / 太阳升起时 / 并不知道我的沮丧"（《太阳升起时并不知道我的沮丧》），诗的呈现像黑夜一样深不可测，孤寂而幽静，已丧失的客体通过我们的哀悼在黑夜中散发转瞬即逝的亮光。这是两种不同的亮光，抑郁症的亮光是绝对的亮光，与绝对的黑暗没有区别，在那里，"我再次见到母亲的路""只剩下一条"。哀悼的亮光尝试着承受黑夜的不确定性，尝试以爱的交互在茫茫黑夜中闪耀。"想想这一生 / 有不满　不如意 / 但没有恨　也没恨过 // 唯有爱 / 那些沉默的 / 疯狂的 / 狠狠的 / 不要命的爱 // 如今 / 都变成了诗"（《想想这一生》）。诗人是使用这些亮光探测黑夜的人，黑夜也使用诗人来散发光芒。逝去的客体不是绝对的光，他们借助诗人的劳动在黑夜中转瞬即逝地闪耀。闭上眼睛。某种东西在逼近。

爱不同于爱者或被爱者，她所朝向的，是一个永远无法完整企及的不确定性，需要无尽的耐心才有可能从黑暗的背景中闪现。俄耳甫斯本该将黑暗洞穴中的欧律狄克引领出来，使她显形，如果他有足够的耐心。“但他两手空空，唯有飘浮的空气。”不可能一劳永逸地领出欧律狄克，而是通过乐此不疲的工作长久地与不确定性乃至神秘相处，在忍受不确定性和转化不确定性的过程中进行自我教育，形塑自己的人格。“这半生　我把有限的热情给了诗 / 甚至很少再给诗人 / 我把有限的热情给了爱 / 甚至很少再给爱人和爱情……/ 而现在　我有限的热情 / 已成余烬”（《我有限的热情已成余烬》）。这里的“余烬”，我理解为冥府洞穴的纵深和欧律狄克的难以显现，为了更好的爱和更好的光闪现出来：

我时刻提醒自己
要尽可能地使用
最有限的字与词
以期此刻不再过度消耗
自己的气力
将来也不至于过多浪费
他人的生命
——《生命如何延续》

现在　请允许我后退半步
多爱一点
自己残存的生命
以积蓄微弱的能量
继续爱
——《我的爱》

弗洛伊德曾在《超越快乐原则》中讲述了他一岁半的外孙如何应对母亲离去的故事：

他握着那根线把线轴提起来，非常熟练地把它抛过摇床边拉着的帘子，线轴消失在帘子后面，与此同时他就很有表达力地“噢噢噢”地叫起来。他又拉着线把线轴从摇床里拽出来，随着线轴的重新出现，他快乐地叫一声“来啦”。这就是一次完整的游戏——消失，然后重现。通常人们只目睹了这个游戏的第一次表演，而实际上它是一遍一遍不知疲倦地重复表演着，虽然更大的快乐无疑来自于第二次表演。于是，这个游戏的寓意便十分明显了，它与这个孩子的巨大的文化成就有关——这是一种本能的放弃——他允许他的母亲消失而没有提出抗议。他通过让物体在他能触及的范围内消失和再现补偿了自己的缺失。

母亲的缺失迫使孩子发明了一种可以安慰并使自己快乐的机会。孩子以重复两个简单动作的方式尝试了一种新的自由。没有任何东西可以代替缺失的母亲，但是一个简单的事物却成了母亲的延伸，成了“母亲来看我的路”。如果我们还够勇敢，丧失也可以为我们打开一个新的道路。丧失内在于生命，是生命中的永恒存在，哀悼就是承认某个客体的丧失，某种敏锐的丧失感。俄耳甫斯不是一个好的丧失者，因为他无法哀悼，无法忍受痛苦并且像弗洛伊德的外孙一样转化痛苦，他不愿承受欧律狄克的丧失，不愿遭受足够多的痛苦，也就无法发明新的游戏和新的自我。他的抑郁让他宁愿要更多的死亡而不是生命。但愿我们都能学会哀悼。哀悼过后，新的自由才会重新出现，就像弗洛伊德的小外孙，诗人需要将爱转移到新的外部客体，以继续获取非同一性的力量来转化出新的身份，从经验中学习，并且更新经验。对痛苦经验的敏感不是让自己沉浸在已丧失客体的无意识幻想中，而是将已丧失的客体暂时送回冥界，暂时压抑在无意识状态，与之拉开一个过渡空间的距离，如此，才不会失去与广大外部世界的意向性能力，才会更敏感于日常生活给予的琐屑的快乐经验。

2018.3.3 桂林

剑男诗选

/ 剑男

剑男，原名卢雄飞，湖北通城人，毕业于华中师范大学中文系，二十世纪八十年代末开始文学创作，发表有诗歌、小说、散文及评论，曾获第五届《芳草》汉语文学女评委奖最佳抒情奖、汉语诗歌双年十佳，有诗歌入选各种选集及中学语文实验教材，著有《激愤人生》《散页与断章》《剑男诗选》等，现在华中师范大学文学院任教。

秋夜

昨夜，我在睡梦中一个人回到故乡
看见闪电中荒凉的村庄
像另一个我独自在旷野忍住内心的颤抖

穿过松林

我穿过松林的时候一只喜鹊在松林上面叫
我穿过松林的时候你还是个女生
我穿过松林的时候有野蜂蜜在针叶上闪亮
我穿过松林的时候松菌还在地下生长
我穿过松林的时候阳光正分割成一条条细线
我曾以为没有什么东西
可以在另外一种东西身上复原
但我穿过松林的时候过去的时光仍然在重现
你已不是当年的女生但红晕还在
在喜鹊的鸣叫里也在地上细碎的野花上
蜂蜜依然甜蜜地在空气中飘漾
松菌还在生长
只是阳光不能分割成一条条细线
这再也不能分拆的明亮叫人悲伤

一个接生婆的晚年

人们都叫她打生[1]娭毑，操福建口音
老瓦山一带上年纪的人几乎都是经由她的手
来到人间，八十三岁的她手上布满青筋
但仍然白皙，她慵懒地坐在向家嘴的晒场上

[1] 打生：湖北通城方言，外地口音的意思。

仿佛远处田畈上走动的都是她的儿女
我只有余生，没有晚年。我和母亲去看她时
她已经时日不多，声音短促，但清亮
那年秋天，当一个年轻女子拖着带血的身子
在半夜敲开我的门，我以为会有晚年
她又一次讲起那个老瓦山人们都熟悉的故事
只是这次她加进了命运感。那是我接生过的
最漂亮的女婴，没有哭声，我以为
她没有活过来，可当我处理完她虚弱的母亲
却看见她已经睁开眼，一个人在笑
她说自己不是本地人，一直不曾有孩子
和她生活近四十年的男人那时刚刚离开人世
女婴的到来让她感觉是上天对她的眷顾
人都是哭着来到这个世界的，这是
我见过的、唯一一个笑着来到人世间的女孩
那个女子第二天悄悄离开后，我就
决定收养她，让她长大以后陪伴自己的晚年
这真是一个美丽的女孩，在她小时候
我就觉得老瓦山会留不住她，但我没有想到
她长大后像她的母亲一样不安分
跟着一个年轻英俊的锁匠去了福建再没回来
说完她露出满口豁牙哀寂地望着我们
仿佛她的晚年正在一点点消失，其时
我的母亲也患上绝症，她的晚年也在一点点
消失。离开回来路上，母亲伤感地说
没人知道这个打生娭毑是如何来到老瓦山的
五十多年了，也许是上天特意
安排女孩以这种方式代替她回到故乡
似乎只有一位母亲能理解另一位母亲的苦痛
似乎自从离开了娘家，我们的
母亲们都是如此悲凉地走在返回故乡的途中

清明

花开得那么好，我们通过默思
将一个入土的人从他生前凄苦的生活中
救了出来，我们挂纸、上香
我们赋予仪式以意义，但我们无法解释
生命也会以某种形式死而复生
一生耿介的大伯坟头长满倔强的牛筋草
祖母坟首长满温顺的米泡花
似乎生前身后，他们都在通过植物
表达对生命的诉求，血肉之躯归于泥土
但我不在春天怜悯人世的悲凉
我只在乎在这场与时代共荣辱的春风中
所有的生命是否都能入土为安
拨开郁郁的青草和花木
后来者是否都能够像我们一样
通过植物去指认那些普通而卑微的生命

让自然最奥秘的生命充满心灵

从前我的歌追求思想的光芒，我写火光点燃的
书籍，写赫拉克利特的河流
写卡夫卡的流放地及庄周的蝴蝶梦
像一个孤独的冥思者沉迷于彼岸的阴影与幻象
如今我不再醉心这样一座虚有的迷宫
我要回到大自然，看一朵花如何吐出娇嫩的蕊
看去年洪水怎样放过我贫穷的家乡
看屋前的稻田屋后的仓廪，看它们怎样
藏起早春的种子、雨水和明天
那清风的小镇，我一生爱恨纠结的村舍和作坊
当三月槐花未放，白茫茫的水面

映不出亲人劳作的身影，我要打开蒙尘的双眼
让鸟儿在薄纸上掠过初春的田野和屋顶
让自然最奥秘的生命充满心灵
像那曲塘中的荷箭，在淤泥中扶正自己的身躯
像那寒风中的禾苗，在大地深处
呈现出最动人的起伏，我要让我的歌唱
像深秋的南江河一样澄澈起来
坚定、简洁，穿过故乡平凡的生和安详的死

晚霜

霜露起，大地双鬓斑白，但没有值得
悲切的事物，乌桕红过二月花
但没有晚唐迟暮的气息，白云生处是烟波中
挑出屋檐的一角，美而虚泛
是经霜后碧玉的白菜、水晶的萝卜
没有开始也没有结束，只有冷光倍享万物的衰荣
就像草木身处世间，无自毁之力
留存的孤枝也不能在霜冻中更加遒劲，只有
牛羊的眼更加慈悯，此时是
幕阜山农历十月，村庄在冷暖自知中大寒下气
母亲在庭院收拾过冬的柴火
我们跺跺脚，进屋帮母亲生起炉火
晨露未尽，晚霜又起
那一抹白涌自山腰，像夜未央

狗尾巴草

在初冬的河边，有红蓼、麦冬、菖蒲
但我还是偏爱狗尾巴草
这是在生命将尽时仍能保持风度的草
它的风度不在于有低调而奢华的花，如红蓼

不在于有药效的茎，如麦冬
也不在于有凌寒、长青的叶，如菖蒲
它的风度是它孤独中的自我教育
在荒地，卑贱、无人顾
但仍然向天空竖起欢快的尾巴

雪中鸟

大雪中，大地上清晰可辨的事物越来越少
偶尔飞过一只乌鸦，冷飕飕的
似乎是要以它的黑来证明这个世界的清白
其实这个世界掩饰得如此完美
无论是人间的屋顶还是山中的墓园
对这只乌鸦来说，不过是迷途
这人间不久仍将会露出它肮脏的一面
它孤独、迷茫的飞行也是人类的影像
没有什么可以踏雪无痕
也没有什么可以反复掩埋或覆盖
它停在树枝上或屋顶上
和停在墓碑上没有任何区别
我们这不知所终的旅程
每一年都会有别的鸟或人来替代

烧炭人

在幕阜山上，烧炭人像一只黑熊蹲在土窑前
临时搭建的住处堆满山中的硬木
有栎树、楮树，也有白花檵木和油茶树干
窑火是昨夜生起的，他要赶在寒潮前将炭烧好
这种紧迫感让他身上不断流下汗水
像窑火中的木头，边燃烧边滋滋冒着水汽
——你们看，这就是生活本身

没有绝对对立的事物，水火也能在窑中交融
他生起火又把它熄灭，像无事生非
像他这么多年半黑不白的生活
渴望在其中煅烧，又要避免成为灰烬

等待宰杀的年猪

乡村的早晨，一口热气腾腾的大铁锅架在场屋上
猪还在深度的睡眠中
这是它一年中睡得最甜美的一次
似乎是要以拒绝阳光的方式表明它对命运的不屑
这是我见过的最欢乐也是最残忍的行刑场
水在锅中沸腾，屠刀磨得锋利
只有狗躲在远处的草丛神情哀伤一动不动
也许猪早就知道今天的结局
当兴奋的主人把尚在迷糊中的猪赶到场地
我甚至看见猪也有些兴奋
先是甩甩头，嗷嗷地叫了两声
然后从容地走到铁锅前，拱了拱鼻子

泡沫

一条流水一定有着它的悲伤
它在群山中穿梭，只能接受往低处去的命运
但因其有确切的去处，它也是快乐的
它奋不顾身冲下悬崖，在逼仄
幽暗的峡谷侧着身子，在平野缓缓向前涌动
比很多宿命事物多出来的东西是
它有着一个辽阔的归属，能在不断低下去的
冲决中抵达生命的恢宏，因此
我们看到流水在最危险、最湍急处开出花朵
而在最平稳、最懈怠处却生出泡沫

有人说水花是流水中欢乐的部分，其实
有时也是愤怒的部分，但水花的
欢乐和愤怒都是干净的，只有在平庸中再也
回不到水内部的部分才成为泡沫
像人世所有的痼疾，因为背叛了自己
只能徘徊在阴暗中和众多虚浮之物沆瀣一气

气味

从小我就喜欢各种植物油气味，包括棉籽油
米糠油。我不知道一个人的身体
会对气味有怎样的渴望，但在我印象中
没有一种油不是香的，油嘴滑舌也不是修辞
无论哪一种植物的油，它既应对
难以下咽的菜肴，也应对着难以下咽的生活

它甚至混淆了我对物质和精神的认识
让我对朱熹的天理和人欲开始有了一些兴趣
是的，从来就没有空腹的精气神
超出果腹的部分也不一定就是该消灭的人欲
但当我们再也不能轻易地分辨出
各种油的香味，是不是意味着我们的味觉已
变得越来越迟钝，在各种植物油
越来越被精炼的今天，因其气味的高度趋同
我们是不是不再需要关心个体的差异性
众多的植物油分出型号，获得
一统的标准，这多么特色，就像时代的气息

夜雨

雨滴打在屋顶上、树枝上以及窗台上
仿佛雨滴也有彻夜无眠的忧愁

淅淅沥沥淋湿一个人心事的，也是
瓢泼催动一条河流回到春天的

但在漆黑的雨夜，我看见一道闪电后
父亲在天空捂紧了自己的腹部

而令人无法入睡的，是雨永无休止地
击打着黑暗中昏昏欲睡的大地

是那个正赶往春天的中年人还在途中
远处的雷霆却在暗中隐忍不作

在东山

处庙堂高，居江湖远，唯欢喜心如檀木
禅是什么
我说禅无可说，赋形于万物
如果仁，如初生嫩芽，如花蕊，如落叶
如霜，如露，如朝阳，如夕晖
如雷霆，如闪电，如夜雨，如浮云
一次又一次，我带着沉重的肉身来到东山
有时是匆匆过客，有时是疲惫归人
我想人生所寄不过是心存一念
向善，向悲悯，这才是最好的生活和信仰
就像东山静静地敞开和接纳
洗倦怠，洗劳苦
也洗身上落满的风尘，空有，又万物充盈

松鼠

在一片松树林中，一个小男孩看见松鼠
翘起的尾巴，瞪大了眼睛

而松鼠仍然在小男孩面前来回搬运果实
我不止一次在山中见过松鼠
只要人走近，它就会迅速逃上松树的干
我不知道此刻的松鼠
和小男孩是怎样释放彼此心中善意的
远远地望去，我看见
小男孩的眼睛里有一汪清亮的水
和短暂不安后的松鼠眼睛没有什么两样

老房子

一座老房子，门前小路旁开满了野花
一对情侣正在以它为背景照相
日光照着它身上的青苔，也
照着一只壁虎快速地从窗户退回墙脚
暗红色木门上，一把旧锁似乎
锁住了什么，又似乎什么也没有锁住
因短暂无常的人生，人们喜欢
年深日久的事物，但我不知道老房子
是不是某种永恒东西的见证
不知道爱情最后是否一定会变成持续
在平淡中的平静，就像此刻
老房子在情侣镜头里成为无言的背景
男生钟情瓦缝里的青草，女生
喜欢青草中细碎野花对它生命的加持
老房子依旧在时光中老旧
爱情的言辞却开始出现微妙的裂痕

无花果

像是在一夜之间被突然挂上去的
拥挤在宽大的叶片间

和大部分果实最初的样子没有区别
青嫩、光洁、圆润，有人说
植物没有开过花是一件悲哀的事情
就像一个人没有过童年
但我不认为童年和花朵有必然联系
无花果右边曾是一片烟竹林
小时候我看见过它们拼了命地绽放
花后如春天不肯认命的荒草
相对记忆中的这片烟竹，我不知道
无花果成长经历了什么，但
它们从不开花却能结出果实的事实
让人不得不承认，并非
所有生命都屈从某种秩序或流俗

杜鹃

苦啊苦啊
清晨起来孩子们问我这是什么鸟的叫声
为什么声音这么凄苦
此时草木上仍然挂着黎明的露珠
插秧的人已经插上了一垄又一垄的秧苗
我说这是杜鹃欢快的鸣叫
它们并不苦，只不过模拟了人声
孩子们还小
我不忍心告诉他们
真正苦的是田野上那些无言弯着的腰身

一夜秋风

一夜秋风，有多少好木面现衰容
栗树、苦楝
还有弯曲的油桐

像一个个遭受生活重击的人
在忧郁的不眠之夜落尽头发，谢顶
我不说它的劲疾
如同我不说它之前的温顺
把炎热一直吹到遥远的湖南、江西
如今得势
西风压倒东风
我想它一定收不住自己的腿
从茶塘坳到关刀桥
从枫树蜡黄的脸到白杨凉薄的手掌
我不说河水松开胸中的沙粒
如同我不说之前水稻青春期的白叶枯病
母亲半夜的心绞痛
我想那个在清晨喷洒石灰水的人
看见橘果上灰白的斑点
搅拌之前一定
不止被生石灰和那些小飞虫呛出泪水
一定不止这些被动的沉默
那些被秋风斩首的蒿草
蒿草倒下后露出的新坟
误入歧途，犹自在黑暗中提着灯笼
赶路的萤火虫
脱去肉身
从此再不聒噪的蝉蜕
我想它们都有不愿吐露的秘密
像寡欢的小鸟
从前在茂密的枝头跳跃
如今只能蜷缩在寒风中形单影只

河流的一生

流水日益干涸的河流

洪水肆虐的河流
鱼虾悠然嬉戏的河流
沐浴浣纱的河流
火热年代伐木、冶炼的河流
拆除两岸砖塔、寺庙的河流
女人投水自尽的河流
小孩失足的河流
逃荒者乞讨而来的河流
造纸厂、酒厂、纱布厂遍布的河流
水流清澈的河流
水流日益浑浊的河流
送别的河流
死亡的河流
一条河流来自寸草不生的山顶
没有谁知道
从一无所有到负债累累也是河流的一生

自然，作为最高的犒赏

——剑男近作浅论

/ 魏天无

诗人剑男最近两年的写作中，存在着某种“回跃”现象，既在精神指向上，也在写作方法上。这种“回跃”似乎是每一位持续写作的自觉的诗人必然会经历的，即“回跃”到某个更早时期的、与其性情和气质相契合的“原点”：那里是诗人最终确认的诗所从出之地，也是诗所归属之地。

始于2018年1月，与这一时期诗歌写作同步出现的《读诗札记》系列，也可视为剑男进入这一时期写作的征候之一。它与诗之间存在显明的互文性或互释性，同属于诗人写作的有机组成部分——文体的界限已被破解；“抒情”/“叙事”之类的二元业已消融。不妨先来听听诗人在《读诗札记》中的言说：

> 一个诗人必须具备通过某种自然景物来表达个人的心理、暗示某种情绪或思考的能力。它们不一定是隐喻或者象征，但一定是生动自然意象之间的交织与回响激起的想象和情感回应。（《读诗札记212》）

> 诗歌更多的应该是诗人的一种自我指认。很多时候，它可能只是我们内心情感世界的一个隐秘的呈现，也可能只是我们与这个世界千丝万缕联系中一个短暂的、难以捕捉的瞬间，但它与个人密切相关。我觉得这个意义首先应该是诗人灵魂的一个映像，然后再由此来折射我们的时代和现实。（《读诗札记184》）

诗歌是“自我指认”，是诗人灵魂的“映像”，或者，是诗人内心深处“最高律令”的呈示（《读诗札记3》），以具象方式。这种种的具象在诗人诗篇中被定位于自然；但此时此刻的自然绝不仅仅具有意象之象的功能，以之映射诗人隐秘的心理、难言的情感或玄妙的思考，它被当作“人的尺度的存在”：“我所描写的故乡一山一水、一草一木对我而言，都是一种人的尺度的存在。”（《读诗札记71》）也就是说，自然与人各有其完整的生命，相互映射，不分主客。

从这个角度看，在剑男的这组近作中，《让自然最奥秘的生命充满心灵》一诗处于枢纽，可以看作“诗中之诗”，亦即关于诗的诗。如前所言，自然的各种元素在诗人最近两年的诗篇中无处不在，成为其书写的主要对象，但“自然”却极少以语词方式现身；更重要的是，诗人以诗的方式述及其写作的变化，以及其诗的面貌何以会如此。诗直截了当以“从前”起笔，很快转到“如今”，诗人在长久的盘桓、凝视之后，平静地诉说“我要”——

从前我的歌追求思想的光芒，我写火光点燃的
书籍，写赫拉克利特的河流
写卡夫卡的流放地及庄周的蝴蝶梦
像一个孤独的冥思者沉迷于彼岸的阴影与幻象
如今我不再醉心这样一座虚有的迷宫
我要回到大自然，看一朵花如何吐出娇嫩的蕊
看去年洪水怎样放过我贫穷的家乡
看屋前的稻田屋后的仓廪，看它们怎样
藏起早春的种子、雨水和明天
那清风的小镇，我一生爱恨纠结的村舍和作坊
当三月槐花未放，白茫茫的水面
映不出亲人劳作的身影，我要打开蒙尘的双眼
让鸟儿在薄纸上掠过初春的田野和屋顶
让自然最奥秘的生命充满心灵
像那曲塘中的荷箭，在淤泥中扶正自己的身躯
像那寒风中的禾苗，在大地深处

呈现出最动人的起伏，我要让我的歌唱
像深秋的南江河一样澄澈起来
坚定、简洁，穿过故乡平凡的生和安详的死

"让自然最奥秘的生命充满心灵"这一关于诗的个人体认，展示的是"自然——生命——心灵"的诗思路径，亦即诗歌之于诗人的发生和指归：自然充当着写作的触媒，如同活水之源，在诗中汩汩涌出；自然被视为有机的生命整体，魅惑着也鼓舞着诗人；诗歌的终极意义是呈现心灵的无穷奥秘，这只能借由神秘莫测的自然万象来折射，以使无形化为有形。但究其实，奥秘只是在有形——自然——之中持存，并不可能完全呈现，依然被诗之内的诗人和诗之外的读者共同追寻着。美国诗人罗伯特 · 弗罗斯特有一首两行的诗《秘密坐在其中》："我们围成一个圆圈跳舞、猜测，/ 而秘密坐在其中知晓一切。"（We dance round in a ring and suppose, /But the Secret sits in the middle and knows.）（李平译，见乔纳森 · 卡勒《当代学术入门：文学理论》）这是自然之诗，也是生命之诗；拟人化的"秘密"（大写的 Secret，亦可译为"奥秘"）知晓一切，"我们"却无从知晓生命的"奥秘"。或许，诗歌就是对生命"奥秘"的永无止境的探寻，"我们"隐约瞥见"奥秘"端坐其中，却可望而不可即。

诗人剑男在其诗中描述的诗歌写作的变化是：从"虚有的迷宫"到"回到大自然"；也被他表述为，从"彼岸的阴影与幻象"到此岸的"平凡的生与安详的死"。可能正是在这里，我们触及了诗人"回跃"的方向，亦即从越来越繁复、苍白、炫技的现代诗歌，"回跃"到诗人曾经熟悉、热爱、倾心的浪漫主义或象征主义的诗歌——伟大的浪漫主义诗人都是象征主义者，勒内 · 韦勒克如是说。在韦勒克看来，"浪漫主义的"文学认为"诗歌是对最深邃的现实的认识，自然是一个活生生的整体，诗歌首要的是神话和象征"（《文学史上的浪漫主义概念》，罗钢等译）。当然，尽管剑男在写作之初深受包括希腊诗人埃利蒂斯在内的西方浪漫主义、象征主义诗歌的影响，而且这种影响从未中断，但是套用欧陆的浪漫主义文学的概念来阐释其诗歌，毕竟令人生疑。不过，除了神话的缺失——他更喜欢重述那些在民间口耳相传的逸闻逸事，如《一个接生婆的晚年》——他的诗歌确实在九曲回肠之后，重新进入浪漫主义的诗歌的航道：自然不仅占据其诗歌的核心，而且成为他认识"最深邃的现实"的潜水镜。

以浪漫为魂魄的最浪漫的诗人，何以能成为以现实为指归的最现实的诗人？原因恐怕在于，诗人对“自然”有着双重的理解，在文本中有着不同的处理。首先，自然一词在其写实意义上，指的是与人工创造物、人群聚集地的城市相对立的大自然，那片乡野之地。不过，在为数众多的庸俗的浪漫主义者那里，所谓“自然”只是出于对城市异化的厌恶而被召唤出来的想象之物，是笼统的，也是虚幻的；对剑男来说，自然指的是绵亘在鄂赣湘三省交界的幕阜山区，是真实存在、触手可及的。它既是诗人出生、成长之地，也是他成年之后频频回首之处；它既时常现身于栖居城市的诗人的梦中，也是他不断返回故乡所观察到的日常现实的一部分。每个人的故乡都是独特的，但并不是每个人都能让故乡的独特气息在文字间氤氲，飘散。令人赞赏的不是剑男诗中充溢的浪漫主义气息，更多的时候，是其中对自然景物与景中之人呼之欲出的细节的白描：

……此时是
幕阜山农历十月，村庄在冷暖自知中大寒下气
母亲在庭院收拾过冬的柴火
我们跺跺脚，进屋帮母亲生起炉火
晨露未尽，晚霜又起
那一抹白涌自山腰，像夜未央
——《晚霜》

在幕阜山上，烧炭人像一只黑熊蹲在土窑前
临时搭建的住处堆满山中的硬木
有栎树、楮树，也有白花檵木和油茶树干
窑火是昨夜生起的，他要赶在寒潮前将炭烧好
这种紧迫感让他身上不断流下汗水
像窑火中的木头，边燃烧边滋滋冒着水汽
——《烧炭人》

用“生活的气息”来概括这些诗句是无力的，它们确实唤醒了诗人的记忆，也同时刷新了我们对另一种现实的感知和理解。而在归属于“乡土诗歌”的络绎

不绝的诗篇中，“乡土”或者“自然”往往是被“精炼”或“提纯”的，犹如剑男诗中所写，仿佛“众多的植物油分出型号，获得 / 一统的标准，这多么特色，就像时代的气息”（《气味》）。在“气味的高度趋同”中，“乡土诗人”的创作态度越是诚恳，其诗作越是显得做作。在被问及为何要如此具体而微地描述故乡的风土人情时，剑男回答说：“从前我也在泛乡土意义上写过我的故乡，只是我慢慢地发现，故乡每一座山、每一条河、每一株植物都是不一样的，甚至同一座山、同一条河流、同一株植物在不同的时间、不同的地点也是不一样的，它们更加具体地连接着我的故乡亲人们艰辛的生活和摇摆不定的命运。因此，在诗歌写作中，我会越来越细致地去区分它们。”（《读诗札记 71》）爱尔兰诗人谢默斯·希尼也曾谈到，在一些伟大的诗人如叶芝、莎士比亚、史蒂文斯、米沃什等的诗中，“你感觉到随着他们年龄的增长，有一种不断发展的开放意识，一种不断深入和清晰的甚至是简单化的接受，对那些在遥远的河岸上等待着他们的东西。就像那些罕见的夏夜，天空越来越清澈而不是在变得越来越黑暗。没有诗人会不期望这种晚年”（丹尼斯·奥德里斯科尔《踏脚石：希尼访谈录》，雷武铃译）。在剑男的近期诗作中，在对自然的拥抱与被拥抱中，同样存在着这种“不断深入和清晰的甚至是简单化的接受”的趋向；诗人同时将他对自然的热爱和感恩馈赠给了我们。因为他笔下的自然是具体的、个别的、可以辨识的，既是记忆中的影像也是现实中的存在，我们不能不感受到他在无微不至中的诚恳与坦荡。

严格地说，诗歌，尤其是抒情诗里很少有绝对、纯粹的写实，所谓白描只是对诗人语言技巧的一种描述而已。它们不可能不受到诗人主观意图的牵制，不可能不在其内心“最高律令”的引领下发生变形。我们也很难从一首诗中将属于写实的自然与属于象征的自然剥离开来；自然作为生命的有机整体，既是有血有肉的，也有其超越形体的灵魂的。然而，在写作实践中，象征，包括隐喻，必须依赖于写实，就像在中国早期诗歌如《诗经》中，比、兴无法离开赋——即“敷陈其事而直言之”——而存在。某种意义上，写实越具体，象征的意味越隽永，越能超越个别而产生普遍性内涵，为读者所认同。大体上，从写实与象征的关系着眼，可以把剑男的诗分为三种类型。一种是由写实过渡到象征，而其象征也总是依凭着具体物象渐次展开。比如在《让自然最奥秘的生命充满心灵》一诗中，“我要打开蒙尘的双眼”是写实与象征的分界线。在《烧炭人》一诗中，破折号之后进入对“半黑不白的生活”的揭示。一种是围绕某个单纯物象，赋予其某种生活或生命的奥义，比如《狗尾巴草》《泡沫》《无花果》等。这一类诗中，重要的仍然是对物象仔细、独特的观察，象征只是顺其自然的体悟，而这种体悟会像“回光”一样为物象涂抹一层别样的色彩。还有一种是写实与象征浑融一体，现实与梦幻难解难分。比如短诗《秋夜》：

昨夜，我在睡梦中一个人回到故乡
看见闪电中荒凉的村庄
像另一个我独自在旷野忍住内心的颤抖

宛若在闪电的一刹那间我们偶然瞥见的两个镜像的疾速叠加：荒凉的村庄，旷野中的“我”。它们都是孤独的、颤抖的，像弃儿。而同样写到闪电、梦境的还有《夜雨》：

雨滴打在屋顶上，树枝上以及窗台上
仿佛雨滴也有彻夜无眠的忧愁

淅淅沥沥地淋湿一个人心事的，也是
瓢泼催动一条河流回到春天的

但在漆黑的雨夜，我看见一道闪电后
父亲在天空捂紧了自己的腹部

而令人无法入睡的，是雨永无休止地
击打着黑暗中昏昏欲睡的大地

是那个正赶往春天的中年人还在途中
远处的雷霆却在暗中隐忍不作

唯有颤抖和疼痛没有被诗人述及，却弥漫全篇。“父亲在天空捂紧了自己的腹部”是幻象，也是诗人从未用笔触描摹过的现实。无论写作者和阅读者如何理解文学和诗歌中的“现实”，那个在生活中发生过的场景是真实存在、不容抹杀的。在某一刻，那些从未被书写下来的场景会像闪电一样降临于诗人身上，又带着它全部的能量击中我们的内心。

倘若说这种“回跃”现象确实存在于剑男的诗中，他意图回到的诗的“原点”即是“何为诗歌”与“诗歌何为”这样古老而简单的问题。对这一问题——两者其实是一而二、二而一的——的寻寻觅觅，最终将使诗人“回撤”到自我，“回撤”到内心的“最高律令”，去像诗歌史上伟大的诗人如屈原、陶潜、杜甫等人那样，“感自己之感，言自己之言”（王国维《文学小言》）。很难确定当剑男在《一个接生婆的晚年》中，借“打生娭毑”的口吻说“我只有余生，没有晚年”的时候，他是否联想到自己“余生”或“晚年”的有无，不过，当他说“每个写作者都在等待他血管里的血液发出最后的咕咚声”（《读诗札记8》）之时，他指的并不是等待生命的终结，而是希望自己在有生之年能全身心地拥抱这个世界，以写作的方式。这是他作为诗人的浪漫所在，也是浪漫主义文学的灵魂所在。与那些以自我表达或表达自我为己任的庸俗的、修辞学意义上的浪漫主义者相比，真正的浪漫主义诗人之所以能够在写作中认识“最深邃的现实”，是因为他们往往以真诚的情感，把我们的目光转移到他们最终发现的那个充满奥秘的世界；或者说，他们以抑制不住的激情，让自我消失在自然之中，以便获得涅槃。法国学者托多罗夫断言艺术值得尊重，认为艺术不是快感的简单来源，也不仅是赏心悦目的消遣，因为“爱本身会衰退，或者转向贪婪。艺术作品的特权是以浓墨重彩表现这种余生不会再有的冲动”（托多罗夫《艺术或生活》，俞佳乐译）。

我把剑男所言写作者“血液发出最后的咕咚声”，理解为这种“余生不会再有的冲动”。这就是为什么在诸多写作者鼓噪着“前进”之时，有些诗人要“回跃”。

2019年5月22日—28日

30日修改

组章

雨

/ 阿信

黑陶罐

你在抟弄黑色黏土眼眸深处
一簇火苗燃烧
一只长颈黑陶罐在你身体中慢慢成形
我喂给你水喝同时也需要从你的民歌中汲取
从雪中汲取从暴雨中汲取从颤抖的叶茎和含毒的唇舌间汲取
而你在抟弄黑色黏土双手插入黑暗
试图从那里取出一只受难的黑陶罐

我从你眼眸深处的火焰中读出绝望和焦渴
我喂给你水喝用这古老又新鲜的
器皿

卸甲寺志补遗

埋下马蹄铁、豹皮囊和废灯盏。
埋下旌旗、鸟骨、甲胄和一场
提前到来的雪。

那个坐领月光、伤重不愈的人，
最后时刻，密令我们把鹰召回，
赶着畜群，摸黑蹚过桑多河。

那一年，经幡竖立，寺院落成。
那一年，秋日盛大，内心成灰。

风雪：美仁草原

好吧，在五月
泛出地表的鹅黄我们姑且称之为春意。
迎面遇见的冷雨亦可勉强命名为雨水。
但使藏獒和健马的颈项一次次弯折
并怯于前行的冰雪呢？

我深信这苍茫视域中斑驳僵硬的荒甸，
就是传说中的“凶手之部”——美仁大草原了。

是在五月。
是在
拉寺囊欠[1]中的佛爷都想把厚靴中的脚趾
伸到外面活动活动的五月啊！
我深信这割面砭骨的寒意后面，
一定是准备着一场
浩大的夏日盛典——
赛钦花装饰无边的花毯，
斑鸠和雀鸟隐形，四周
散落它们的鸣叫之声。

我深信这苍茫视域中斑驳僵硬的荒甸，

[1] 囊欠，指藏传佛活佛府邸。

就是传说中的“庇佑之所”——美仁大草原了！

写作的困惑

鹰已经挥霍了无数墨水。
鹰还将敲碎多少块键盘？
长期的写作中，我有意地回避着它。
因为鹰，我拒绝了天空。
因为鹰，我拒绝了不少于三座的天葬台——
那些原本
可以平静死去并顺利转世的人，
不得不继续活着，而且很难
看到希望。
我感到绝望。如果
不改变初衷，将会有更多的人，
屈辱地活在世上。
而一旦放弃，就意味着
那被无数遍书写过的鹰，将被再次书写！

雨

雨从南海来，
岛屿首当其冲。

披头散发的椰树跑在所有植物前面，
晃荡的椰子果，丛林中野性的乳房
接受枝状闪电致命的舌吻。

雨的帷幕垂下。岩礁的肌肉绷紧
黝黑，闪光，颤栗着
切入动荡不息的大海。

雨的声音盖过海的粗重喘息。

蒙古之约

——赠广子、赵卡

蒙古这个词，我是喜欢的。
它的发音，在唇舌之间。
它的寓意：永恒之火。
我喜欢在典籍中一次次遇见它。

想象骑一匹马，追逐水草。
梦见日出日落之间，那一片
因辽阔而略显荒凉、孤寂的高原。
我的两个兄弟就生活在那里的
蓝月之下。

我尚未动身前往。
我的马，乘着夜色
从撒马尔罕返回。
我正等着它。

既像等待命运，又像等待
神秘的、来自金帐的信使。

烤紫薯的味道

烤紫薯的味道，在下桥后
通往篱笆小院的土路上，刚好闻见。

雪中那人，
明显是加紧了脚步。

柴门紧闭，烤紫薯的味道
还是溢出来。

风愈紧，雪愈急，
那味道，飘出愈远，愈温暖、香醇。

雪中那人，紧裹衣服
侧身，低头，走得愈疾。

大片大片
苍茫风景，抛在身后。

婺源：源头古村

——给张维

在源头古村，我愿意成为
一个盲者。只要我的耳轮
盛满翠鸟的鸣叫、竹叶上滴落的雨水、溪流
淙淙流过香樟树古老的根茎……
一只白鹅，在巷道深处
反复咏唱“鹅、鹅、鹅”

在源头古村，我愿意成为
一个聋子。只要我的眼瞳深处
藏着一座春山、一座单孔的
青石小桥、夕阳烟树、粉墙黛瓦
道旁的积福亭里，歇着两位阿婆
身后竹编的背篼
装满嫩笋、菌菇、野韭……

在源头古村，我愿意成为
那个轮椅上缄默的诗人。放弃言辞

循着那条通向山外的古道逆行回家
我确实愿意交出自己的舌头
和前半生走过的山水
在余晖中，把轮椅推出巷口
静听源头水声，直至暮霭四起

（选自《诗刊》2018 年 6 月号上半月刊）

分身经

/ 魔头贝贝

上午

上午。一吨
水里的一滴蜜：小猪娃
在为老母亲生日绣寿字。
在为菩萨单独
安排的房间，袅袅香烟。
楼下是
摊贩们的瓜果蔬菜。
一只鸡被当众抹了脖子。

一个女人在电视上
搔首弄姿。隔壁
我在写诗。我跟几头词
过不去。一块未完成
完成了也是
徒劳的肉，卡在
隧道产道里。血蓝黑地
酝酿着獠牙星空和细雨。

分身经

阴影里，那条名叫旺财的狗趴窝着。时而来到阳光下，摇摇尾巴。
后来，像一个中年人黯淡的眼睛，一天的工作到了尽头。

公交车上。结禅定印，默诵准提咒。
像被摘下了面具：魔头贝贝先生一边化妆一边代替我，朝家走去。

整夜

被文字遮住的伤口在腌着花骨朵。
省略号里的呐喊。被母亲染成绿色。

整夜他饮酒。
有时来到镜前，凝视自己的脸

像一枚邮票
粘贴在深渊

仿佛要寄给紧闭的门外
孤独闪耀的星空。下面

一条流浪狗狂吠着，无处可去。

赠渔网花

贝壳中睡着一个四十三岁的男孩。
只能用笔来喊叫，被掐住的喉咙。
世上最美
的女人。在母亲的白发里。高耸入云，这矮小峰巅的积雪。

仍在眼前挥舞着
一根二十五年前抽得他青紫的皮带。
每一树繁花，都埋伏着一张狱卒的脸。从那一刻直到未来。

每天

落光的树木很快茂盛着蝉鸣。
一阵急雨。很快放晴。
我两三岁的外甥，像那时我那样欢笑着。

一座没有尸体的屠宰场里
来来回回的萌芽……
一个废纸篓，日日夜夜，蓝了又黑……
每天都有一则讣告，淤积在搁浅的额头。

每天都有一台取款机。自动吐出
一张沾满了陌生指纹和唾液的更旧的脸。

远离

群山间，被遮蔽的寺庙传来钟声。袅袅着融入湛蓝。
一次饭菜贵得离谱的旅行，还好
剩下了钓钩上的鱼，被重新放入水中的心情。
满目苍翠。刷白了楼道里小广告的牛皮癣。

一次清风徐徐锈迹斑斑的远离。
一只垃圾箱内的老鼠，摇身一变，啃着松果。
还在往高处攀登，成群结队的香客。
向下的我此时倒在家门口，握着手榴弹似的啤酒瓶。

霜降经

每个活蹦乱跳背后，都贴着一具凝视的骷髅，芷若。
你里面的黑暗，我进入过。
喑哑地，一粒硕大夕阳的血珠，弹奏着枯寂的地平线。

转过身来是对面俄罗斯仿佛被点燃的森林。
徒然地，江水反复吻着堤岸。
转过身来。冷风削切着一张被酒精漫漫锁住的脸。

那脸在空中停留了片刻。像风筝
坠入唰唰抖动玉米林无边的浓墨。
你一瞬的明亮，我离开过，芷若。

凌晨一点

旺财腹部那条刚出生的小灰狗
寂静地吮着乳头。
星期天的钢材库，每个名字
被切成两部分。一半
松弛在家里，一半
漆黑地印在冷冰冰的工资表中。

凌晨一点的晚饭。
凉拌白菜心。香菇酱。大米粥。
洗过的碗筷，看不出更旧。
再有两个黑夜，一个白天，清早
你将驱车六十里，前来爱我。
身体内好像疾驰着一列火车。

走调经

浸泡着醒着，迷雾。
下面一堆钢管：一座高大航吊。
上班的还没来。整个库区。只有我，和旺财。

朦胧地，一只灰鸟
急遽地掠过一团灰树。如一颗灰心。
如二十年前的双石碑监狱空降到此刻的物资供销处
一道自动伸缩门——反锁着一腔垃圾桶般的咽喉。

电视机持续盛开着节日欢庆的歌舞。
电水壶吱吱响着。虚无沸腾着。
电饭锅焖着白白的大米。这白白的流逝。

远处曾去过的桐柏山寺庙里诵经声像
给未来的蓝天写一封缥缈而黄昏的信。
我母亲提前退休给了我这份工作。
她十年前被切掉的子宫，仍滋养着那个我愿意的我。

一月二十四

一月二十四。好像离开了
大海已很久。
一个月前
你那汹涌的温柔。
鸥鸟翅膀的剪刀一下一下
裁着两个人褶皱里的浪尖。

后来我带走了鲅鱼两条。
现在它们在铁丝上徐风中

挨在一起孤零零
悬着。微微摆动着

仿佛一双
夏天的手
轻晃摇篮。虽然有点儿冷。

二十年后

伸出铁栅，大片
蔷薇的粉白涟漪。
天空说不出来地蓝在
二十年后眼睛的黑里。

二十年后，海边
整夜奔涌的
一眨的我和你。
纠缠的舌头下
深埋着各自
被冻结的翅翼。

光真好。像没有
起飞的伤口中
毛茸茸一只鸟。

（选自《汉诗》2019 年第 1 卷）

偶然的悲喜都是心领神会

/ 沈鱼

只有死亡新鲜而娇嫩

每天的生活
只有死亡新鲜而娇嫩

一身背负着
人的琐碎，神的孤傲，鬼的落寞
衣服、魂魄与神情
交给烈火、碧溪与黄土
一生所得事物三种：灰烬、顽石和枯草
都可以委托给不动声色的
阴天

秋风刮骨，秋雨洗肉
空枝与落花各安其命
天气晴朗或脸色阴沉，你我各有所得
不是炊烟干涉了香花，也不是
蓝天不解大海的汹涌与澄澈

每天的生活，只有死亡
无知、天真、诚恳
偶然的悲喜都是心领神会

悲凉事

今日未有难堪事，得益于我的孤陋寡闻
我顺便写下孤芳自赏，于是便有花香满院
虽然我已不再拥有自己的荷塘
但还是请允许我
在悲凉的身旁种下：凉月、凉风与迷惘
我如果不是身有所寄，为何夜夜噩梦惊心
我如果不是心有所求，何来日日琐事缠身
一绺头发是爱的明证，一把骨灰是死的念想
似乎是阴冷不是悲凉
一个少儿暴毙，一个老人慢死
也只是心碎与哀伤的区别
一个人洗牌、翻牌，如果牌面不好就推倒重来
一个人借诗投胎，总是七生八死
但她独子新丧，却拒绝生第二胎
一个人读书，只读眉批，不拾野骨
一个人习字，只临墓志，只临
墓志中考妣二字
把白纸写成黑纸，墨迹只是水渍
世人皆求优美的身段，但尘埃的形体只有悲凉能解
悲凉也生九子吗？
你是悲字辈还是凉字辈
悲痛悲哀悲怆悲戚悲恸悲叹悲慨悲吟悲号
这不是一首悲歌不必万物同悲
凉呢？清凉荒凉炎凉沁凉，还有凉水凉衣凉床冰亭
他的丧服，是一件的确良衬衫
他的棺椁，是一床苇编的凉席

如果真的悲伤，就吃碗凉面吧
你看，这首诗写到这里开始造句，早已丧失了
悲凉的本意
而大部分活在世上的烂命与贱命
即使曾遇悲凉事，心中并无悲凉史

刀手

拒绝为人，但还是想活得像一个人
如果没有骨头，就不会四处碰壁
遇到障碍，还可以像一粒肉球一样
弹回来，用一副皮囊
迅速接住

只有虚无可以虚度，因为实在难以控制
崭新的一角硬币，可以用来
在山中湖畔打水漂
羽毛和鳞甲却无人收藏

他喜欢从缝隙里看人，人脸是扁的
厌倦却像一个圆滚滚的柚子
从哪里下刀子，才能不破坏内部分裂的完整性

他没有神性，还没有解决温饱问题
他留着指甲里的泥，以证明自己
仍是物的残余

他保留魔鬼的舌头，又去舔神的耳垂
他也不打算诅咒或者哀鸣
但还是精心抚养一个唱诗班的少女
并取名为“妙”

他从不曾教自己的八哥说话
还把一只天鹅养成乌鸦
他供奉一副千疮百孔的鸟骨，闲暇时
也会随便拆下一根鸟骨吹奏
用呜咽追悼余生

其实日常并不那么难忍与不堪
受够了，也可以荡开水面上的浮尸
痛饮月光与寂静——这样写多么虚伪！
事实是，我从不曾品尝过人肉与淤泥
也没有解剖过世界
我也没必要给腐朽肮脏的万物补上
虚无的一刀

回忆与怀想

那个在幽暗处寻找灯火的人
遥望村庄和庙宇，甚至荒坟的磷火
也能给他安慰
雨滴、泪花与露水，都闪耀温暖的光芒
那时花朵新鲜河水清澈稻麦翻滚
那时泥土芬芳棺椁亲切哭泣动人
遥望城市仿佛另一座乡村

现在我在灯火辉煌的城乡之间徘徊
城市无家乡村无友，或者
城市无友乡村无家
漂泊日久，他乡不是故乡
而族谱中早已抹去我的学名

孤独的怀想不因累积的文字而稍有减少
只是多了一种倾诉，有一些绝望与哀伤

还能说给污染的河水听吗？
乌云化名雾霾，还能像一场突如其来的阵雨
给我的寂寞一次清凉的回应吗？
乡村知道，我的乏味出于朴实
我的沉默其实也是天真
我不需要永恒，只期待深爱的人和物
在回忆中仍保持洁净清晰的面目
不过于忧伤与怨恨，也不过于悲痛与无助
那个因辛苦劳作而饱含热泪的少年
正安慰着无米下锅愁容满目的母亲

流水说

假如灵魂不死，流水就是我的魂魄
假如万物有命，我的命就只是流水的哆嗦
为什么是流水和我面对面？也可以不是流水，但我偏爱流水
她看见了我所有的不堪、难忍与屈辱，但从不嘲笑我
写诗是难的，而我在一首诗里拼命地活
有时我也会气急败坏，但流水用无言安慰我
我生活中破碎残忍的一面，因为流水的叹息而变得完整

常用的汉字几千个，日常的意象几百种
而我只需要一个词：流水，就可以团结流水身边的事物
比如月光、枯草、荒坟与顽石，比如狐狸、野鸭、山鸡和麻雀
所以一个人就是一粒水珠，就是一个地球、一个星系
我如果知水，就是及物、懂事，就是守无端、知天命、了生死
就可以无所畏惧，就可以如流水
有时汹涌蓬勃，灵魂出窍，有时安于烂命，无疾而终

流水有情，比如断肠的流水
有时流着流着就不见了影踪，仿佛曾经深爱着的
某个人，不仅忘了名字，连五官也记不起来了

流水无意，又有几人，在流水中遇见前世的知己

有人说，你为什么总是重复那些爱与死的主题
没有故事，没有情节，没有时间，只有情绪和语气
是的，我只是删除了生活的丰富性，又保留着生命的可能性
流水是重复的、麻木的、无聊的
就像我也会厌倦日常，厌倦责任，厌倦妻女
但我守着厌倦，直到主动地，接受这份厌倦
我抱歉的只是，赋予流水太多的得失，而我本不该
对短暂的命运要求得太多

孤家住在流水停止之处，而寡欢恰是对自我的肯定
如果用流水呼吸，偶然的悲喜都是心领神会
对我来说，流水恰好是一种孤独的迷人语气
流水也可以是阴柔的吧——
“当我喝酒，她烂醉如泥
当我伤心，她悲伤无以言表
当我绝望，她是住在我心碎里的那个人”
感谢流水，寄身于我，不离不弃

我可能想到的花

我可能想到的花，都携带稚嫩的荆棘
有时刚刚摘下，刺痛
却迅速长大

丛生的欲念和妄想，离不开纯洁的初衷
我也曾盼望闪电与针尖的相遇

你的任性，比我的绝情多一些
因此纠缠在所难免，因此你带走了我
一小部分性情和魂魄

始终是甜蜜的毒汁，谅解僵硬的身体
始终是遗忘的药引，治好怨恨的隐疾

浮世中我们都曾互相倾慕
但是别怕，持久的热爱只是虚惊一场

（选自《山东文学》2018 年 4 期）

一束光

/ 影白

山中的事物

我的愧疚令我看到了乌云。
乌云中，山巅是溪涧边踏春的人头，
恍惚间，他们是清癯的羊群，
沉默于一场山雨之前的天色。

一扇窗

我的偏见是暴雨中
安静下来的一扇窗。
窗外，有青山，有绿水，
也有我，这一生割舍不下的事物。

一束光

夏日清晨的微凉
是一束光。
忽远忽近的

几声鸟鸣是一束光。
石壁上恣意生长的蒲公英
是一束光。
醒来又睡去的腕表
是一束光。

书中那些被伤害与侮辱的人们
涌上街头是一束光。
他们走向山中的教堂
和墓地，
是一束光。
他们与我
擦肩而过是一束光。

记忆的氤氲

翌日，我会忘了一个人，
忘了他从纽约回来去北京
挽救自己，被青春雾霾吸走的爱情。
忘了他清癯的脸上，
已没有了悲伤和无奈的时差。
忘了我们平静地喝着酒，
平静地聊着，他在绮色佳大学
苦修者一般的生活。
忘了他从图书馆，
海量藏书中的秘密通道的多次返乡。
忘了他在地球的另一面
竟然知道我在乌镇，
遇上英国作家夏洛蒂 · 勃朗特
笔下的简 · 爱。
忘了文学的神奇，记忆的氤氲，
忘了他带来的一支铅笔

在海明威手上，写出了《老人与海》。

关于蝴蝶的一首小诗

每写一首诗都有
破茧之感，
而面对这世界，我知道
多元的生活与单一的写作
并非这慰藉本身
——它让我看到了光
带来的蝴蝶
和不可预知的斑斓。

一念春心

我有梨树的前身，
白云的今生。
我一念春心，
一身雪白。
闪电常常击中我
漆黑的雨声，
犹如爱，
或者，被爱的一刹那。

（选自《扬子江》诗刊 2019 年第 2 期）

铸剑帖

/ 笨水

悯刀情

石头不想变成铁，是我们将它投进熔炉
把它烧成了铁
铁不想变成刀，是我们将它放在铁砧上严刑拷打
把它打成了刀
刀不想显露锋芒，是我们将它按在磨刀石上
把它磨出了锋芒

俯仰之间

我在长久地仰望昆仑雪峰之后
更久地注视低头啃食枯草的牦牛
相比太阳轰隆隆滚过长空
我更喜欢牛粪沉闷地叩击大地

我的情真意切那样提心吊胆

有些话，我想说给聋子听

又怕他突然开口
说给天上的群星听
怕明亮的星中有告密者
我只好自己说，自己听
我的情真意切那样提心吊胆
我提心吊胆地说着对世界的爱
我说得那么小声
听得那么安静，仍担心，安静中有雷霆

繁星

昨日气温骤降
山下下雨，天山下雪
今天，化掉了
只有山巅，终年积雪
在云端闪耀
在烈日下不化
在暗夜中，整理繁星

镜子

感谢玻璃工厂
还在生产古老的玻璃
感谢镜子工厂，还在
按照传统工艺生产
能看得见真相，说得出真话
心直口快的镜子
而不是根据市场潜在需求
批量制造
会说谎的镜子、谄媚的镜子
唯唯诺诺的镜子、点头哈腰的镜子
没有更多选择

我们只好在墙上
装上这种单一性的悬崖

小心眼

我坐在海边
再不容夸大其词
我承认看不到大海的边际
心中装不下这么多海水

笑脸

来吧，给我一些钉子
给我因为吃惊，掉了下巴的脸
装上微笑
给我欲言又止、如鲠在喉的脸
装上微笑
给我这张泡在谎言中的脸
装上微笑
给我仰望星空，被流星划伤的脸
装上微笑
我的微笑，短暂容易脱落
必须用钉子，钉上
好了，这样好了
即使我在痛哭
而你们看我总是在笑

保险

晴天有霹雳
晴天不保险了
路上有陷阱
脚踏实地不保险了

为了保险我买了份保险
瞬间感觉自己
身陷绝境
感觉每一天
都是绝地反击
绝处逢生

大风不止

风中，我看见一个人
爬上一棵树
看见他如体操运动员
在一段细小的树枝上
作翻腾，作转体
作劈叉跳
最后停在一片树叶上
多么完好的树叶啊
我看见他在上面杀猪，设筵
饮茶，饮下平衡术
静坐，压住树叶的抖
他双目紧闭，风再大
不能往他眼里吹进一粒沙子

有关卑微

从矿洞中
带出一小块矿石
有人告诉我
它叫长石
地壳中最普遍的物质
我带走它，不是因为
它曾与稀有金属

铍、铀、钽、铌
同处一条矿脉
而是它的普通、平凡
有关卑微
原子弹爆炸了
它们只是被制成化肥
撒到地里
添加到陶泥中
制成吃饭的碗
插花的瓶
仅有一次割伤过
我的拇指

不惊

世事件件令人吃惊
但都是反复发生的旧事
再无可能有新鲜的事
把光反射到我脸上
在日落之时

看流水

我坐在岸上，看流水
看密密麻麻的人
他们中有站着的、坐着的、躺着的
倒立的、挣扎的
为了呼吸，有人拼命向上
失去支撑的，突然跌落
形成漩涡
我看到波光中不同的脸
消沉，涌现

满河的人，他们笑
哭，喊叫，演讲
歌唱，缄口无言
最终只汇合成淙淙
淙淙

无题诗

人将石头凿成人的样子
叫它们神或者佛
水将石头琢成水的样子
我们却把它们叫做卵石

栏杆拍遍

无须登高，上楼
我就拍到了云层中的栏杆
我拍马路中央的栏杆
拍此路不通绕行的栏杆
我拍花香缭绕的栏杆
草尖上露珠的栏杆
我拍虎纹快要熔断的栏杆
我拍鞋底下的栏杆
我拍有形的无形的栏杆
伸出手，我栏杆拍栏杆
用力过猛，我几乎要了它们的命
我栏杆拍遍
手上全是油漆和铁锈

人脸门禁

做人脸采集时
我端正眼睛
端正鼻子，端正嘴巴
微微一笑
标准照输入门禁系统
成为事实的我，成为
我的参照
我对它做鬼脸，它不通过
对它翻白眼，对它龇牙
它不通过
我喜我悲，我嗔我怒
不通过
无奈，我收起我的白眼
收起鼻子的哼
重新挂出采集时的笑容
验证通过，闸机打开
此后，我不再尝试新的表情
出出进进，习惯
以一张程序的脸
接受另一种程序的
比对辨认

画牛

我画牛
画一头黑牛、两头白牛
一头低头的牛
两头抬头的牛
我画一群牛

也是在画一头牛
它们毛色单纯
不过黑白
它们动作简单
无非是低头吃草
无非是抬起低下的头
嘴里含着草

传说它是众神居住的地方

那是我第一次登上帕米尔高原
那天晚上我没看见星星
第二天晚上也没看见

送雨人

下雨了
雨很小
但我不想下楼
我上美团叫外卖
我让移动信号
替我去冒雨
让送餐员冒雨
接单
取商品
周身湿淋淋的
把一场雨
递到我手上

往脸上贴金的人

贴在眉间，尚可，添点仙气

贴在鼻翼上，还能增些狐媚
贴在脸颊一侧，倒也显见羞涩
金若贴了半张脸，就人鬼莫辨了
贴满整张脸，就让我想起见过的菩萨
黄金之下，全是石刻泥塑的肉身

它就是无法笼罩我让我看不见我

雾最多是笼罩山，让我看不见山
最多是笼罩河流，让我看不见河流
最多是笼罩城市，让我看不见城市
最多是笼罩人，让我看不见人
它最多是笼罩天，让我看不见天
可它就是无法笼罩我让我看不见我

遛狮子

众人遛狗，我上街
遛狮子
我的狮子，没人看见
狗也只能吃惊
神秘事物的逼近
我心中的狮子
只有我看它时才纤毫毕现
只有我看见，它在人群中穿行
披着阳光和阴影
它神情安详，步伐雄健
硕大的睾丸，在双腿间有力摆动

花园

这不是美丽的花园

这是花园路过时留下的
落红，恰好被我们误会

同意

缝制一只顶级名牌包
要一条四个月大的鳄鱼
要一卷黑胶带缠住它的嘴
要一根钢筋插进它的脊柱
要一把刀
从它的背部到腹部
把它的皮整张剥下来
把它的挣扎剥下来
把它的抽搐剥下来
捕猎者同意，屠戮者同意
制革者同意，皮匠同意
买卖者，同意
活生生剥下来的皮
是世界上最好的

铸剑帖

那些压倒大象
压断屋檐的雪
现在下到我身上
有什么办法
我拍打身上的雪
总也拍不完
我又试着将雪
扫成一堆
去铸一柄宝剑

天上

我曾见过喜鹊
嘴里叼着细树枝
因为风阻而飞行缓慢
几乎停在天上

（选自《诗潮》2019 年第 4 期）

戒备之心

／ 陆辉艳

弃婴公告

儿子每天都翻一下晚报
我知道他在找什么
“今天的弃婴真多啊，七个！”
今天早晨
他低头看着报纸，眉头不再紧蹙：
“今天没有弃婴！
只有一只小狗，孤零零地
走进了人群。”
我瞟了一眼，报纸的 31 版
原先刊登弃婴公告的位置
换上了一则醒目的
寻狗启事

在理发店

一头黑发无声掉在地上
一头黑发里有无尽的黑夜

整个中学时代
我的头发长长了
妈妈和我去集市
人群中寻找拿剪刀的人

多么贪心的收购贩
妈妈的头发，在咔嚓声中
剪得只剩荒野
最后被扔进蛇皮袋
换回活命的钱

无声地，在心里哭着
细心的发型师
让我看镜子里的发型
哦，我确信，妈妈的头发
又长回来了
黑夜覆盖了手拿剪刀的人

戒备之心

那一年，父亲捧着我的大学录取通知书
又欣喜，又忧愁
天黑了，他去了堂伯家
坐下来还没开口
堂伯就开始骂他的大女儿
我的堂姐，职校刚毕业
一声不吭，勾着头
蹲在火塘前烧一锅饭
干竹枝燃得噼噼啪啪的
后来父亲双手空空地
退出那扇门，仍听得见

堂伯骂人的声音

偶尔我回老家
将要经过堂伯家
远远地，抱着孩子的堂姐
就会闪进屋子里
十七年了，她仍然对我
怀有一份戒备之心
而她不知道，我对世界
怀有的谦卑之心，足以贴近地面
熄灭胸腔里噼啪燃烧的竹枝

香椿

还没有发芽，它把香气捂在体内
树皮裂开，风吹得枝条摇晃
但不吐露半点风声

她怀孕了，和香椿一样
将秘密藏在衣服里
对所有人闭紧嘴巴

三月，椿芽放出香气
减少了人间的苦
她走过树下，怀抱婴儿
新鲜的体香，瞬间让她遗忘了尘世

剪影

所有剪影皆神秘
剪影中的村庄也一样
树木悠远，亚麻花高出云彩

删去了细节和质感的屋舍
草垛，青石板路
看起来多么完美
像是从未到达的
另一个地方
逆着阳光的孩子，他的长睫毛上
粘着一片细小的稻草屑
这巨大的静止甚至让人不忍怀疑
那阴影里隐藏了什么

父亲

粮坝消失了，只有散乱的石头
堆在河滩上。面对一座
再也不能蓄水的大坝，父亲的眉心
一直没有松开。他默默地
往江水里扔石头
像扔出一颗颗水雷
在他心里爆破了
因为激起的浪涛太大，他摇晃着
走下大坝
放弃了手里的最后一块石头

在废弃铁轨旁

在一截废弃铁轨上，儿子伸展双臂
似在飞翔：向我扑过来的一只
摇晃的企鹅。
“如果火车来了，我会
长出翅膀，猛地带你飞走。”
他说话时，眼睛里升起两枚月亮，因为
说得太用力，身体倾斜了一下

我抱紧他，仿佛已经感到
铁轨的震动。如果一列火车
从过去的黄昏开过来，喷着
我们认为的白色蒸汽
我要如何在一首诗中
安排它的转弯，以至于
我们留在原地，而不被挤出
时间之外？

反派

在玩具货架旁，儿子蹲着
挑选了一个正派骑士
“我只喜欢好人”
付款时，眼睛里却藏着一条
迂回的河流。他犹豫了
跑回货架，回来时手里多了
一个反派魔兽
他让它们做出决斗的样子
我一下子理解了
事物存在的含义
对手的存在，意味着一场游戏
才能正常开始

壁虎

几乎是一瞬间的，它的影子
猛然映在玻璃杯上
我的手迅速抽走，抬起头

那是一只壁虎，趴在落地玻璃上
静止得像是没有生命

它的存在，是为了与这喧闹的餐厅
形成某种对立？

对面的人，还在滔滔不绝
谈论暗物质
我喝了一口茶
——杯子上的影子消失了
包括落地玻璃，那儿空空的
壁虎仿佛从未出现
它产生于某个念头
最后又消失在某行诗中？

白纸

儿子拿走了我的订书机
他往一张白纸上订钉子
一颗，两颗，三颗，四颗，五颗……
直到白纸被订得密密麻麻
仿佛一个浑身中弹的人
他的小手乱舞
欢呼雀跃地递给我：
“白纸变重啦，妈妈”
真的，我接过纸张的那只手
感到了一丝下沉的重量

假日洲

至于谁给这块洲地
命了如此理想的名，并不重要
躬身重复的劳作，仍没有休息日
土地敞开自己，拼命滋养谷物、树木
亦无一日停歇

蓬蓬苍河流经此地
在低洼处制造了一片漩涡
湾木腊和流水在放假吗
低沉的流淌声泄露了焦虑之心
我对它们的妄自揣测
并不能与这良善的命名匹配

（选自《诗刊》2019 年 2 月号上半刊）

清白人间

/ 路人丁

取名字

正如给孩子取名字
有时，他们也会给山坡取名字
有什么，就叫什么：
前山那片叫杏树坡
后沟那片是水泉坡
有了名字，坡上
就有了四季，有了归属
有了粮食

春天，从杏花里走出了孩子
夏天，从泉水中跑出了羊群
他们相拥着彼此，
沿着太阳落下的小路回家
看到什么，就给它取一个
世上没有的名字

清白人间

我曾和一只狐狸，在高原擦身而过
它的眼睛里，我干净如雪后初晴的
月光，就着羊群似的雪山
和陌生人相遇，再次离别
说来惭愧，
那时我正和年少的爱情较真
把分开，看得太重

回家

在一列火车的身体里
用方言和窗外的土地
重新打磨自己。下车的
时候，我像二十几年前
一样，崭新地出生
在北方

夏日清晨

把一片云慢慢盯到破碎
直到我的眼睛盛满平静
平静如一只身披天空，却从不
多言的鸟儿
天蓝色就是，飞鸟慢慢褪成
浅白色。变成一点远方
远方有树伸出枝桠
绊倒最后一点未散的雾
它跌落山头落到第一户
推开窗的人家。那里

新米正在熬煮，一点清香

泉

一条河时常断流
一些石子和碎片重归陆地
雨来得迟的那些年，我的乡亲
曾向岁月挥动锄头
挑断远方的一条鱼骨，掘出一眼
活着的清泉，
放下锄头，我们要对生活痛饮三杯
第一杯，洒向山上，如草木一般枯荣的
祖先。第二杯，喂给和土地一样长寿的
我们的牛马牲畜
第三杯，对着自己的胸膛一饮而尽

从今往后，在官堡
不管谁去泉边挑水，都会挑回一片
波光粼粼的黄昏

爱或者树

夏天，我总是异常富有
借着自然，我又在人间重生，鲜活
陌生人，你来敲敲我的肋骨
大胆地敲响一首，溪水和山泉

给你一片云朵下的山坡，一片
波光粼粼的心动，一阵
发光的、诱人的风
给你爱，或者树

把自己晾在一片阴凉地，
像孩子午睡醒来，一个轻轻的
哈欠

查无此人

有时候，累是
一位老者，歇于我的身体
修补秋天，失群的鸟兽

是一朵，独享月光的花
对我温柔地报复，像报复
一场春雨

是长安的诗人，寄来疲于奔命的
琵琶，羌笛，以及无法感化的
落日和故乡

有时我跟着一朵云
把自己放空，累是
查无此人

另一半人间

在阴天，一切都好说
风凉得有些冷静
雨落地干脆
一个人的倔强和脆弱同时弯下腰
撑伞的人，心无杂念
水里游出，四月飘落的槐花
水里激起，一朵清甜的波纹

爱

我真狡猾
用易逝的风景和年龄欺骗路人
唯独给你汹涌的爱

这还不够，我还要向土地索要粮食
从父母手中，接过祖辈的脸谱
向远方的朋友打听一列火车
的去向，在一个无人的夜晚
挥霍月光——如此最好
给你大张旗鼓的日子

年复一年，我总要把你从夜晚偷出来
藏于胸口。倘若别人问起
我不轻易开口
怕你生起的炉火，误伤世人

等风

春天，她在屋顶种下玉米
夜晚，用月光浇灌
风来的时候，玉米左右摇晃，
把带着露水和雾气的晨曦，
晃成一条心动的河流

从春天开始，
我就在等风，等到
一块石头在我心里，碎成一条
盛满云朵的
河流

自白

我时常胆怯、懦弱。这让我
忍不住羞愧，仿佛世人
都窥到我的精神，和我
提心吊胆的，一日三餐

五德

西南边陲的一个小镇
云南大地上，一次拼命呼吸的脉搏
三年后我仍然小心翼翼
它太小了

苍天过于吝啬，只一条河，几座山
把它铺开。生命开始抱紧彼此
用土擦净铁锈
种出粮食，交换食盐
在一个山头拜了天地
从此和一只鸟、一条河生死相依

多少年，旧人老去
新人如我一样到来
白水江畔悄悄盖起了新房
你打开盖子
放出了酒和桂花

此地

好像怎么都走不出五德
山头晃出了白云

种地的妇人挥一挥手
一条路就改变了心意
与其向往外面的喧嚣
不如等你摘下早晨的一颗露水
不如等你在月光掉落的夜晚呼唤我
夜晚我有一条河平静的心动

知道你在赶来的路上
却不知道你在哪段山腰停留
哪段山上都有夏天
满山的绿树里你不知所踪
难道你在一间屋里悄悄成婚
苞米酒醉倒了故人和壮汉

这粗糙沉默的土地，你尽管来吧
世上有的，这里都有
爱情和孩子
河水和太阳

人间的夜

你要放下白天的路人
和新收的蔬菜
来五德看一看人间的夜
最好停在少女休息过的山腰

灯是一盏盏亮的
夜却是一瞬间铺开
每一户都变成山上的星
在这个夜里，悄悄驯服了
不知疲倦的白水江

夜是一片安静的人心
我总在窗前问你
你在梦中收留了我的一切
爱情以及故乡

夏天

在夏天
我什么也不想种
风早已掉落了一身的轻松
和满地的阴凉

满山的绿树里
一个少女掉进了大海
一片绿色过于辽阔
她向风要一个好梦

山脚下
一户人家升起了炊烟
她的爱人正在柴火中慢慢老去
她在老妇人的眼睛里回到了人间
人间总是年轻
一刀砍断了暴雨

我和母亲

我是俗子，是蝼蚁
是无关痛痒的，别人的影子

但我是你留在这世上的
最初的敌人

是多年前你没有说出口的阵痛
后来，我是一个
和你一样对抗生活的女人

二十五岁

你不用担心，我已经同生活和解
一场大雪，原谅了
农人收割后的土地
妈妈原谅了多年前不够隆重的出嫁
以及清晨的露水
而我原谅了过去的岁月

岁月也该原谅了我
我不再信誓旦旦。你看看我的眼睛
我的虚荣越是贫瘠
我的眼睛越是清白

你尽管爱我吧！我要在春天
写几行盛开的字
再给自己一场雨水

最孤独的人

世界上最孤独的人
一定是造出指南针的那个人
动手之前
他的船和帆孤独而又坚定

他敲敲打打，完工后抬起头
月亮和大海一样辽阔

（选自《滇池》2019 年第 5 期）

晚色

/ 马骥文

弓箭手赫拉克勒斯

无人可以看见，他那道
孤绝的目光中沉睡着多少蝴蝶。
博物馆内，头顶的白光冬天般
落下，一切都是寂静的，赋予
形体以生命的人早已死去，只有
贫乏者还站在此地。那张弓箭
复仇般弯曲，漆黑的腹部，扑来
一阵古典的血浪，而我孤零零
看着他，如同注视雨中赴死的我。
弓箭手赫拉克勒斯试图杀死每一个
观看者，伟大的艺术莫不如此。

十月二十四日夜

东方，戴苜蓿花冠的巨人
锻打心灵的金饼，他痛苦的
手臂上，反射出坚硬的光：

你，会在地狱门前迎接我？

他把他唯一的铁戒指递我，
我则回他以毒吻。群鸟惊起，
大而亮的圆月，正在高楼之间
目睹我们的破碎。

还有什么是坚固的？在雾雨中
能给我暖意？世纪之子，已落入
人群背后的蒿丛中，与自身搏斗。
我不忍心死去，正如不忍心活着。

洗衣女，她河边的手在月光下
搓洗着无数失败的心。今夜，
无人可以变得洁白，无人回家，
工厂上空将飘扬我焚烧的瘦影。

今世，我只祝福那痛苦的你！

在田老庄

我听凭手中的潮汐来到此地，
秋季在边疆细雨中缓慢降临。
寒冷的戏剧里，你我均是全时的
自我表演者。雨停止在我们
抵达的那一刻。妇女们在准备饭菜，
我出门去看黄昏。山坳里的村庄
总是寂静的，树影稀少，偶尔
有宝石的雨落在脸上，也可能是
雪。无数山峁像男子汉的拳头
愤怒撑出大地。我在空旷的泥路上
听见自己的脚步潮湿而凄凉。

沙目的邦克传来，我于是停下，
抬起头，看见最后的晚光正在
西方的云翳上荡漾出血色。多么
辽阔的一幕，我愿终生看见你。
整个傍晚，我也没有找见
那邦克声的源头，它隐蔽着，
仿佛以这种方式在向我诉说它的心。
天变得漆黑，我感到寒冷，
于是，转过身向山下返回。
一辆摩托开着夜灯，从我身边驶过，
那骑车的男人，孤绝地离开此地。
在满腿的泥泞里，我看见夜的村庄
正闪耀着一个一个奇迹的光点，它们
比星辰还要美，我要走向它们。
朋友们正在那里喝酒，我也应该
加入那明亮的晚宴，也该让终生的
寒冷，在可爱的面容中变得温暖。

红心蜜柚

黄蝴蝶飞走，影子却落在世界的
表皮，泛着沉荡与跃飞的快感。
肥厚的海绵质，透出纯洁深意，
仿佛在它之下包藏着爱欲的奥秘。
这痴人看着你，他好奇的味蕾
正发出猎狗般的吠叫。但他仍如
花豹一般克制，耐心而足够机警，
只用那细刀慢慢划开这赤金皮囊，
仿若给暴毙国君进行隆重的解剖。
他只是需要一个整体，如红日，
并企图沿着原始的脉系来感知。
窗外，秋风又吹落一层脆叶，

万物均在寂静中转化着自身。
他手下的果实，已被他从宇宙的
混沌中撕剥而出，红润、迷人，
一种对于新生的钟爱包围着他。
四年前，那第一次练习的手法，
如今，已更加熟识、精准和热爱。
那时，在长春持久的冬日里，
他穿着厚实的衣帽和鞋，
从校南门的水果店买上它，孤身
踩着太阳系的冰雪，披星戴月，
恋人般将它拎回那空寂的六层大楼。
他曾研习它的外形、质地和滋味，
如今他也读懂它的爱与痛苦。
一只鸽子从窗台惊飞，先知般
停落在远处楼房的顶部。而被他
捧在手心的圆形果肉，此刻，
更像他自己的心。当他吞咽时，
那酸甜的汁液暴雨般降在
他干旱的体内，洗去那全部命运的
灰尘。在这分裂、空洞的世界，
它不仅是美味，也是他一生的
友伴，信心，和喜悦的阵阵水声。

（选自《诗刊》2019年4月号下半月刊）

没有斤两，没有价钱

/ 李昌鹏

雨中的翅膀

雨云日益廋了
河水涨溢
水塘和水塘的界域，模糊
抽水机房停止作业
秧田里的水浑浊。鱼尾
在里面摆动，你也看不清
水域在持续扩大
延伸到天空
我守在抽水机房旁
等鱼长出翅膀——
它像一道道闪电
雷声炸响时
奇迹般飞出水域
噗的一声落在我脚边
开合它的腮
雨水被一只手挤出云团
密布在天空

在乌兰察布草原

天湛蓝。云不用抬头看
你平视，天在远方

遥远的马与羊
在自己的食物中生活着

丝光鱼

丝光鱼扁平，头朝下
在清水里摆尾巴

丝光鱼尾鳍通红，碎鳞黄红
像透明的蚕丝织就

丝光鱼没有斤两，没有价钱
只有你眼睛般大小

丝光鱼它成群漫游
穿过清水与时间

我磨牙

每一天都亲历的事
他磨牙，我想到空转

他每夜都要
推他的磨

他的牙齿，发出奇妙的响声

但在我梦中

一些和我命运相连的人
我不知道他的存在

载客者

你把车歇在生活区，等一个客人
一个不具体的客人
她或他，去向因此不明
你不会知道，下一刻在哪儿
你的行程神秘
无可忍受，你一生只在车上

南方的雨

透亮的水滴，落进山坳
荔园
像一个口袋
广东人喊“落雨”
雨线，闪着光
那白蕊的荔花
在枝头吐露银子
白花花
雨，说落就落
雷鸣过山坳
雨线，闪着光

长久的

我需要蒙你加入，造一座房子
用骨血建筑，我并不为了住进去

在河流边缘，在落木之上
而将住进同一面大理石的是
我们——
上面还铭记：长久的

风的行迹

我只洗了一下手
便认定海
是别人用剩的水

呼啸往复的潮汐和我
如何才能独一无二

安静的海
一座体外的教堂

天蓝色，飘扬的布匹
风的行迹

它们的减少

不声不响的水
白白的
在炊壶中
在火上，慢慢地减少

放在嘴下吹吹
一饮而尽
没味道
为什么有泪
烫疼了小舌尖

慢慢儿喝
一杯白开水
在狭小的口腔内
沸反盈天

因心情不好并听说即将下雪而作

雪从头皮里往外翻
从眼珠里飞出来
雪让我瘫软
骨头碎成雪花
一场雪，将消耗我
消耗我长骨刺的腰椎及疼痛
的颈骨
雪还没有下起来
我就已经，很老了

六千七百八十二条草丝

我遇见它，拆数这六千七百八十二条草丝
这是六千七百八十二条草丝，被拣选的
细柔草丝，有的长一些，有的短一些
有一个个大小的弧度。我无法让它们回复原样
一个杰作，牢固吊在菜籽梗，丝雀口袋一样的窠臼
这六千七百八十二条草丝，各自从哪里衔来
怎样拿口水组织，现在已看不清，它们以前的样式
小丝雀能够把它们养育，织就奇妙的作品
六千七百八十二条草丝，每一根，轻飘

冬北京

咂着嘴巴里啤酒汁液的微苦经过冬北京

冬北京在积雪里沉醉，大小车辆在雪片下落时起伏
江汉平原一定遍地青麦苗
从青麦苗写到麦芽，在此省掉一个成长期限——
麦子灌浆，脱粒，麦芽变成酒汁
在我胃里翻涌，喷溅到雪地上
嘴巴两角的残余，挂成了线，麦芽香跟从了我
在冬北京，麦香扑鼻，舌尖是好啤酒的苦味

海和狮子

在岸滩边伏着，一只狮子
它，睡着了，鼻息深重沉闷
我在深圳野生动物园，看见一只睡着的
狮子；在南澳金沙湾那是中午
沙砾灼热；海，睡着懒觉
海和狮子它们都睡着
在不同的时间和地方，我看见它们的安静
这两者，被我写到一起，它们各自没有意义
它们通过了我，会合在一起
告诉我什么，又要告诉你什么
它们还是不是海和狮子
在我身体里，保持着两个词语的光泽
海，狮子
两个不同的概念，两个符号

词语：雪

这是松树的松，这是柏树的柏
这是一场大雪，掩蔽着两个意象
这是永不衰败的假象
一场大雪急速融化
松和柏，正在泥水里腐败

哦，一场大雪正在飘
松和柏被白雪覆盖
白雪突出它们青翠挺拔
哦，我看见大雪，落进诗行的间隙
词汇的内部张力，把现象敞开
一场大雪它如果落在，我和读者面前
不朽的词汇，在这里
“雪”。一场大雪

停下来

你是在哪里往上走，一个东西带着你
你很沉重，低垂着
你有一条向上的路，在空中
时间一片空虚，你低沉着

我抬着头看你，停下来看你
一片树叶，带给我一个逗号
在春天你找到我，我便把你看见，在秋天
和你一起，落地，响起簌簌的小声音

我听见，最后的声音
像一个老妇女，在唱歌
我想象她曾经好看
嗓子圆润，有表露的欲望

我被她的身姿感动过
我停在原地，一切没有停止改动
那棵树和我都静默垂听，一个声音
我们要想：是什么，发出了声音

（选自《大家》2019 年第 1 期）

莫高窟

/ 聂桫

一日

随黎明而来的是
火车停了，绿洲备好露水的宴席

随泪水而来的是
每一次都像第一次，恰好是正午
说起英国人斯坦因、法国人伯希和
美国人华尔纳。说他们
就在这样的正午用他们，黑魔术的礼服
变自己作杨树的影子
以此构陷沙漠的不忠

随黄昏而来的是
我心头苦役，修我心头关城
而后把一块墨玉，在天黑前嵌上城门

随星辰而来的是
飞天走出，从灯的规矩中

浮雕白的庄严中，壁画高贵的血统中
从街市少女香的丝巾中

师傅

告诉我，在这空空的戈壁
如何对旅人解释孤独
如何对骆驼解释风暴
如何对戏剧解释落幕
如何对列车解释晚点
如何对金子解释冬天
如何对棉花解释雹的手指
在另一个世界温情的火焰
如何对倒淌河中一尾鱼
解释生来的逆境
如何对美酒解释冒牌儿的夜光杯
会从南部山中烧出
如何对驼背果农
解释杳无出路受难的葡萄
隔着墨镜，对不同的提问
都施与一次相同紧锁的眉头
九个回答闪现鹿的荣耀，看啊
被弄蛇人出卖的神鹿
正寄居在眼前的深林
为了你的回答
我愿向戈壁袒露得更多

东京来客

瘦薄身体掩在驼色礼帽下
当我察觉到她的悲伤，灰燕也一定
察觉到了。它冲出夯土的关墙

羽翼像一个秘密
不确定她的抽泣，是否为悲伤的一种
或者只是，来自身体某处的不适
惯于发愣的我，维持了短暂无措的目睹
直到她放大身体的抖动
像一块灰色的云彩，让它的悲伤
变得具体而无疑。我才慌起来
管理处的门卫说，喏
又是那个日本老太太
每年都来玉门关，朝着罗布泊的方向
大哭一场

消失的江南

直到照片丢失，江南再次具体起来
香火在雨中升起慈悲的雾
听经长大的鱼，布置黏滑的陷阱
每一个落水之人，皆可证明它的叛逆
我们在湖边走了很久，终于决定了去向
火象之人，不敢贸然进入一座
藏书的古楼。若不是在湖边走了很久
若不是在白沙堤，像一条毛巾吸纳湖水
体内蓄满咸的河流。荷花在来之前就开尽了
陌生人向我们有意地留白，兜售茶叶和丝绸
在古时，饱读诗书可沿运河进京
撑船之人谙熟吴越春秋，讲完处士林和靖
恢复他打工者的克制和沉默
钟声从山下传来，香樟的叶子都是苦修的耳朵

莫高窟

从长安出发，衣衫和钵盂都是旧的

出城的队伍里，行脚僧托着一座灰色的庙宇
商贾，使者，胡姬，卖炭翁
飞鸟，骡马，无名的虫蝇
即使尘缘已断，与众生尚未分离
一生中最后一场恣意的雨，落在凉州
继续西行的路上，和万物一一告别
抵达鸣沙山东麓的断崖时，钵盂里盛着一朵云
——是佛陀赠与的空
但见“千佛闪耀，心有所悟”
手中的庙宇，就安置在这里

（选自《诗刊》2019 年 3 月号下半月刊）

赞美诗

/ 窗户

雪落在大海上

雪落在大海上
黑暗中的星星，落在大海上

短命的雪，年轻的雪，战栗的雪
纷纷扬扬的雪

雪落在大海上
隐秘的尖叫，真切疼痛

像流浪者
穿过无人的街道，高原明亮

像囚犯，睡在春天里
春天就是一场暴动

雪落在大海上
多么美妙、遥远的事

你忘了，没什么大不了
记着，也不必对任何人说起

雪落在大海上，很快消失了

早安

青云布满天空。但早安，天空
草叶沾满露水。但早安，草叶
秋风吹过来，盛夏转身离去
但早安，我们

老爷子、你和小之，我们住在乡下
犹如远离尘世。但早安，尘世
尘世里的丰收，只有在乡下
才如此清晰：芝麻、水果、蔬菜和稻子……

赞美诗

晚饭后，我们在江边散步
这是晴天，必然会做的一件事情
它几乎是黄昏的一种仪式
我们跟在小之身后
看他奔跑，骑车，蹲在半路上观察蚂蚁
东一句，西一句，说一些家常
有时就默默走着
迎面而来的晚风和行人，亲切而礼貌
两岸的霓虹灯，让东阳江
在晚风中流光溢彩。横跨江面的康济大桥
闪烁着彩虹般的色彩
穿过渐渐暗下来的夜空

而我常常想：哦，这就是生活
我们相伴而行，穿过每一个黄昏

冬日江边

江边，枯黄的草地上，小树裸着枝丫
河流与天空一样灰暗

江两岸的房子，像一个个盒子
摆在那里

风吹过来，也吹不动
时代的钟声，如遥不可及的一个梦境

漫步于此，我像是走在
更为古老的岁月

这里——没有人，没有神。只有
石头、风和流水

赞美诗

渴望是一匹马
没有时间
和语言的压迫
无须赞美，不悲不喜

它在早晨驰骋
带来了风，带来了天空
甚至带来
一整个草原

晚归有雪

路上没有人了。纷纷的雪花，在空中
给我一个比人间更广阔的世界
我不着急赶路，不急着躲避
一片片雪，像往事，在眼前飞舞
又像一切的空，填满所有的我——
有那么一刻，我只是一片小小的雪花

乡下早晨

麻雀欢快。风，
像母亲的手拉开纱帐。
邻居们端着碗，坐在门前吃早饭。
小狗绕来绕去

晨光中田野宛如婴儿悄悄生长
流逝的每一秒
都可用手指轻轻触及
像流经身体的每滴血
感到重量

人们从不孤独。早餐后
他们会从各自的房子里出来，往山上田地里走去

下在山里的雨

下在山里的雨和下在山下的不一样
下在山里的雨，在十二月冰冷、刺骨
就算很大的雨，山中植物站在原地，一动不动。
常青树像女人，用茂盛的枝叶拥抱它。

落叶树像男人，以裸露的躯体迎接它。
落叶和枯草覆盖的大地，欢喜回应着
啪嗒啪嗒的雨声，仿似大地歌唱
没有谁躲让、退避
每一滴雨，仿佛都下得
很有意义。它们不急不缓
好像每一滴雨都知道
自己的方向，也有各自的
安身之所

除了为爱而活着

早晨的鸟儿，就在窗外鸣叫
它带来田野的清新
如同风从远方带来盛夏

总有邻居比我们先醒
洗衣声和轻声对话
像一生场景，穿过我们梦境

刚离去的台风，像放完的电影
留在记忆里
和众多记忆慢慢交汇、融合

除了为爱而活着
我们已无可表述
所有熟悉，都如此陌生
所有遥远，都如此美好

就这样生活下去，仿佛本身
就是一件美好的事

（选自《诗刊》2019 年 6 月号上半月刊、《汉诗》2019 年第 2 卷）

赵亚东的诗

/ 赵亚东

河流已经空了

我和杨森君，在河边抽烟
偶尔谈到玛瑙、和田玉、明清的瓷器、战国的斧头
我们说的话越多，河对岸的白塔就似乎更远
迎风走来的陌生人就越来越少
我们担心再也不会有人蹚过这河水
说出河流的名字
火柴盒已经空了，河流已经空了
刚好装得下我们单薄的身体

空山寺

我在那个寺庙晕倒了
在庙门口，我的脸色灰暗，四肢冰凉
还来不及念咒语，向菩萨求救
就奄奄一息。雨声嘈杂，裹挟着山石
但没有一颗砸到我
何其幸运啊，路过的和尚没有一个看到我

我的影子走进玻璃深处

我背对着窗子，下午的阳光
在玻璃上散步
有人从窗外走过
提着柳条编织的旧皮箱
没有人知道，他们将去往何处
土黄色的皮夹克落满了雪

悬在半空的屋子
越来越拥挤
这里一定还躲藏着别的人
但是我只看见我，和我的影子
他早已经厌倦
转身走进玻璃深处
天一下子就黑了下来

醒来的人

在靠窗的一面墙上
他低沉的咳嗽声让邻居感到不安
事实上，他是胆小的人
他睡过去了，佝偻着

他在睡得很深的时候
还提醒自己要谦卑，弯下腰
他的咳嗽是不可原谅的
窗台上的花已经很久没人浇水

恍惚中他知道自己犯错了
在嘈杂中保持沉默的人是可耻的

他继续做梦，发烧，嘴唇上

堆积着整个时代的火泡
他更加不能原谅自己，他醒了
他看见广场上、角落里、沙发底下
连他变形的手指缝里
都挤满了人，但他一个也不认识

耕种的人

在飘荡河边耕种的人
俯身，亲吻这山冈，大地冰凉的骨头……
平缓的草滩上，种下黄豆、谷子和小白菜
它们小心翼翼地发芽
但是一言不发……

这样真好

我又一次梦见你，清晨的树林里
红色的蚯蚓刚刚钻出地面
迎着光，你说它倔强的样子
像极了我。我们踏着松软的林间空地
偶尔停下来，看老迈的绵羊
如何撕下枯死的树皮
吞进它饥饿的胃，看它浑浊的眼泪
滴到我们的掌心，瞬间
就变成了石头，抑或是更坚硬的玛瑙
我们都如此疲倦，不堪一击
越用力就陷得越深
就像这树林，越怀疑我们
就包裹得越紧。
你走不动了，靠着我的肩膀

眼镜被压得弯曲，水晶的镜片脱落
这下什么都看不见了
真好。你兴奋地抱紧我
是的，我们什么都看不见了
也不需要再看见什么，这样真好

（选自《星星》2019 年 1 月上旬刊）

阳光在麦苗上驱赶露珠

/ 李松山

我把羊群赶上冈坡

我把羊群赶上冈坡，
阳光在麦苗上驱赶露珠。
我用不标准的口号，
教它们分辨杂草和庄稼，
像你在黑板上写下的善良与丑陋，
从这一点上我们达成共识。
下雨了，你说玻璃是倒挂的溪流，
诗歌是玻璃本身。
你擦拭着玻璃上的尘埃，
而我正把羊群和夕阳赶下山坡。

雨

在小酒馆，我们谈论着词的多义和圆润性。
像你诗中耀眼的句子
雨珠伸出玻璃的舌头
这时，窗外突然下起了雨：

“噼里啪啦”，它也在复述这个荒谬的世界？
沉默是无效的。
雨在云的声带里奔突
像你走进真实的自己，在笔端修复
名词间的隐疾。

自画像

可以叫他山羊，也可以叫他胡子。
在尚店镇李楼村
他走路的样子和说话时紧绷的表情，
常会引来一阵哄笑
如果您向他谈论诗歌，
他黝黑的脸上会掠过一丝紧张，
他会把您迎向冈坡，
羊群是唯一的动词；
它们会跑进一本手抄的诗集里。
说到风，他的虚无主义；
会掀翻你的帽子，揪紧你的头发。
您可以站着。或者和他一起坐在大青石上，
而他正入神地望着山峦；
像坐在海边的聂鲁达，望着心仪的姑娘。

致
——给高丽

一把剪刀娴熟地舞动，
像森子笔下的一个隐喻：
“银亮的铲子，咔嚓咔嚓铲着头顶的雪。”
这里是市中心，交通强劲而
迅疾。玻璃门颤动，像浪花拍打的堤岸。
从王店到垭口，你完成了跳跃式的迁徙——

你聊到了你女儿：乖巧，
懂事，喜欢舞蹈，
对绘画有着惊人的天赋。
说到这些，你眼睛里的阴霾
瞬间散去。我离开时，你又开始忙碌：一把剪刀熟练舞动着，
在二十平方米的理发店，
像银亮的铲子，“咔嚓咔嚓”，
铲着生活之外的雪。

雨的潜台词

她双手托着锅盖有节奏地抖动，
豆子哗啦啦落进筛子。
父亲去世后，全家沉浸在悲痛之中
神情恍惚的她倒先安慰起了我们
五七刚过，她就催促大姐和二弟，赶紧上班，
照顾好各自的家。
两年了，她平静地收拾着家务，
门前的菜园里，
依然种植着父亲喜欢吃的线辣椒……
现在她又在拣豆子，
豆子顺着锅盖，哗啦啦落下来；
仿佛滂沱的雨被她接着；
她身子向前微倾，试图把那雨声压得最低。

给召哥

包厢里，召哥在吼，
在喉结里奔跑。
从茫茫雪域到亚热带雨林，
雄性的高亢有着落日的悲凉。
太平洋真的伤心吗？

挪威森林里，
一定有只小兔子
被月光落下，或者遗忘。
我们碰杯，
你的杯子总是一低再低，
低过了桌面，
也低过了你谦卑的半生。

赠诗

醉后我又在野外放羊，
杨树似乎也有八分醉意，
它的叶子耷拉着，享受着光的按摩和摧残？
几只灰喜鹊在芦苇上练习忍术
你在你的城市里。工作，饮酒；
写下雾霾堆积的诗句。
石漫滩铁青的湖面，
锻打着斜阳烧红的烙铁。

在宛城

酒醒后，已在宛城。
从舞钢到南阳，
不过是一杯酒环绕舌苔直奔肠胃的距离。
凌晨两点，我在宾馆四楼：
夜色中的宛城大街，
轿车像激素过剩的斗牛，
疲惫地在发条上爬行。
你说，修辞的边界略小于生活。
等同于谈话，饮酒。
归来。途经白河桥，水面平静，
闪着粼光，整个宛城柔软起来

几只白鹭穿插交错，
像几个顽皮孩子，打着水漂。

重量

我将带有花纹的石头，
放进帆布包，
放在两本书之间，
石头和文字激起波澜；
失重的叶子，
落在湖面上；
一只腐烂的麻雀，
轻渺得让同伴忘记死亡。
而当我把书放回书架；
文字的风暴平息了，
黑色的天平上，
排列着纽扣的星星。

畅想曲

炭火已熄灭。
月光在窗棂上勾勒出旁白。
铅笔在酣睡，
记忆里残留的雪，和几粒闪耀的星辰
在稿纸折叠的皱褶里，无法邮寄。

瓦房里深居的人，
他推开门，
露珠驮着阳光，
在晃动的枝条间奔跑。

闲下来的日子

一桌人在搓麻将，
一桌人在斗地主，
一群来回走动的围观者。
阳光落在坠落的叶片上，
风抚摸着矮墙，低语。
这是他们闲下来的日子，
他们的麦子
在各自的麦田里
自顾自地生长，
长势如何那是麦子的事情。
小卖部后面的大桐树上，
两只喜鹊在巢里

不啼叫，不飞翔，
它们闲下来的时候，
和树冠融为一体。

朴素的爱

每天清晨，母亲总是早早地起来
她站在院子里，对着叽叽喳喳的喜鹊
双手合十，念念有词

远在浙江的兄弟打来电话，
四岁的侄女在话筒里
嚷嚷：奶奶，奶奶……

她不住地点头笑
然后拿着父亲的遗像
一遍遍擦拭

雪

从赵记饭馆儿出来，
我们沿着各自的路线返回。
雪花被风裹挟着，
在楼房之间，
仿佛惊飞的鸽群。
我沉闷地走着，
没有回过头看你。
在这个令人恍惚的世界，
每一片雪，
都蓄着经年的泪水。

（选自《诗刊》2019 年 2 月号下半月刊）

浑河在侧

/ 张朗

浑河在侧

昏睡醒来，一条奔流小河
深深勾住我之右侧
我们谁也没说清对方处境
列车便从一个瞬间去往下一个
渐入星斗山腹中
这些苍山清晰如左
却无法倒影河中
暴雨后，这充满陷阱的河
生活般浑浊不堪
短暂相遇间已将我洗得不清不白
几年前，我曾两次涉足此地
推着青春之气的小溪
获得两次拒绝
我想，河水也有难言之隐
那拒绝我的未必不是给我重生
我仰着头，第一次觉得
山风如此好闻，炊烟如此好看

远山

到了山顶，也不是都可以看见
仅是眼前的狗尾巴草，也拥有
隐蔽的部分。不知何时
我开始用方形看远山，
也不是很远，就在屋顶后
但已将视域界定。我有时想，
黄昏后，一个人爬上去
然后看一眼四周丧失的植物
也许可以活下来，也许
会捡拾一段丢弃的言语。
有次我到了山间，见两个老人
从山上下来，说着话
一个瞬间，那么近。
其实，从始至终
我都在山下，那老人
也没见过。只是远山
依旧是远山，不曾有人登顶。

滑行术

在雪后的冰面练习滑行
一个人独自走出院子，
不小心就会滑向不可知。
一个喝醉的酒鬼，
要把灵魂滑到死去的世界。
一个衣着妩媚的妓女，
将自己滑给不再见的男人。
一个红通通的孩子，
滑进时间后，逐渐变形。

那么多人，在窗外，
从一次又一次摔倒中
试图获取平衡，最后消失
在小巷尽头。我在房间
拼接不知何处滑来的词语，
一场危险的运动。屏息。
不孝子叮嘱父亲注意安全，
老者慢慢，承认命运。

无题

夜的铺展分隔这世界与我
偶尔制造晕眩
比如此刻，房间抽离自己的身体
拓展成收割的稻田
我曾在里面用自制的弓箭
射击天空跳跃的阴影
无用的尝试止于一堆干草
投火，焚烧词语
然后用灰烬涂抹田土
我们始终未能逃脱角逐
那个被火照亮的我们
已拆分得孤立无援，
其中之一，
正被一个空间推往无数另一个

鸟鸣辞

午夜，从居民区挤来
三五声鸟鸣
而后复归平静
这突如其来的鸣叫与终止

让我整夜陷入巨大的虚幻
究竟那只鸟意欲何为
我被一面木桌支撑
在此我有看综艺之冷淡
也有浅尝哲学之快感
我让房间只留下
一盏橘黄色台灯
以使鸟鸣回荡得更缓慢
反方向上布满小巷溢出的灰尘
好像没什么不能掩埋
除了鸟鸣
那无法在屋檐筑巢
而只能流落破旧阳台
的悲哀鸟鸣
那从荷尔德林、策兰……
身体里蹦出的惊喜鸟鸣
还有那些乱七八糟之鸟鸣

地图

屏幕上这张灰色版图
起初并没引起我的注意
当我用一个黑点，
拖拽它，到最大的时候
有一座荒山，些许白烟、微雨
退到最后，静止
我不停缩放，
轻微的好奇心。
这个世界只有一面
在我手中走到尽头
它还有无数面，
我无法用一个点抵达。

登望城楼

无所谓望，大地越发黑暗
看去，捕捉每个尽头
天空逐渐丧失。
小城在翻滚的乌云下
被灯光替代
那不会闪烁的、僵硬的
萤火虫，注定要死去。
至于楼，显得潦草
因环山包围，而羞愧
早早隐藏起来。
唯有登，才没错过黄昏
这凋零的时刻
好像一定要穿过散乱
的坟茔，有些没有墓碑。
我缓慢地走着，
离我远去的事物越来越多。

彼岸花

不是生下来就应该在对面
记得你说，她病危，在医院
奄奄一息地躺着，好像
孕育另一个你，那样艰辛
她无法承受再次分娩。
不知何时，花已开，渐寒，
是另一朵，占据枯萎
我几乎忘记，一道深渊
阻隔。她再也不能忍受，
这艰难的生活，就像我们

都在用的忍受。她离开
只是，跨过桥，才有对岸
才有冷冬的无名花。我们
不再交谈，静静地看她
怀着自己的一生，
不可抚摸，不可拥抱。

锣鼓之歌

丧葬礼仪中的
锣鼓声
分别在深夜和黎明
从巷子传来
单调的交响曲
我听到那个死去的人
在春天重复死去的人
发誓要在春天复活
他在进行某种练习
就像小卖部前
黑暗中燃烟的老人
一次又一次
听手机里锣鼓声的录音

在巴东

行船穿行于江上
我在江边，饮酒
喊过往的船只
每次都被其他声音覆盖
有时是机器轰鸣
有时是少女学大当家讲话
或者，就是波浪

如此，直到深夜，离开
一个大浪猛扑过来
在水泥柱上发出巨大的撞击声
把整夜的喊声归还与我

鸟飞过

鸟飞过，我是从
它在地面印出的符号判断
于是抬头，蓝天下一粒阳光
打中我的眼睛
其实，我从未指望
鸟在飞过的瞬间
能留下什么
有时我甚至怀疑
它是不是真的越过我的头顶
而不是落在我的影中
这次飞过的鸟，又一次制造
模糊不清的事物
一个停顿，在想象中永恒

（选自《芳草》2019 年第 3 期）

虫子想起后悔的事

/ 桑格格

无尘殿

最近去过三次无尘殿
第一次在深山里撞见
靠近无尘殿的路上
开满了千日菊，妈妈说摘点
我说好，但没摘。我不喜欢千日菊
高处有一树乌柏金灿灿
实在是好看，但是没法摘

第二次带朋友去，她说这地方真好
一重重山，覆满竹林
返回的路上落日挂在山头，霞光万丈
我们停下拍照，拍完了
目送太阳下山，我们再下山。

上次那树乌柏全部落叶，现在已暗淡

第三次，什么都没有了

千日菊、乌桕，落日
重重关山笼罩在浓雾中
只是白茫茫一片
这时候，有一只老鹰
在无尘殿上盘旋了两周
等我拿起手机拍的时候
它也消失了

可能是最后一声蝉鸣

睡前想了想
这一天做了些什么
心里有点愧疚
好像什么都没做
喔不对，白天走在
堆满梧桐落叶的路上
听到了一阵蝉鸣
那可能是今年
最后听到的蝉鸣

关于袜子的难题

头疼啊，不配对的袜子
各式各样的单只袜子摆满了柜子
它们在生活里怎么失散的
不可知，又无法阻止
拿它们一点办法也没有
我唯一可以坚持的
不穿不一样的袜子
希望在一次次洗涤的轮回中
让它们再次相遇

他从梦中来

他昨晚从梦中来了
让她跟他回去，过以前的生活
我说这是个好梦
她说不，在梦里他也不是真的
梦见的人不知道是谁
那个人说，我不是他
只是你太难过了
我变成他，来安慰你

安检

在机场安检
排在我前面的
是一对中年情侣
两个人都不高，偏胖
女的戴着白蕾丝大檐帽
不像是日常会戴的
到黄色隔离线
他们很克制地拥抱了一下
马上就分开了
男的进去，女的站到一边
她有点慌，好像才知道他要走
男的回头挥了挥手
女的低下头，可能流泪了
大檐帽正好盖住
我安检完了走进候机厅
又看见了那男的
他坐在椅子上
看上去很平静的样子

喝了一泡茶

下午，闷热
泡了一泡茶喝
滋味和以前一样
但又不完全一样
放下茶杯
在席子上睡着了
以为梦见了什么
想了又想
只是恍惚的片段
茶杯还剩点茶
端起来，一口气
都喝了下去

说法

大家都在说，下雨了
我却在心里默念
落雨了，落雨
仿佛这雨是从老家那边
下过来的
因为落雨是老家的说法
不过，也应该是
几十年前的说法了
现在，老家那边
也不说落雨了
而是说下雨，下雨了
只有我还在默念着
落雨，落雨了
仿佛这雨

是从老家那边下过来的

雨中的花束

蒙蒙细雨
雾气中，走着
一个妇女
她怀中抱着一束花
花束在阴雨中
湿漉漉，十分鲜艳夺目
突然花束转过来
出现一张娃娃的脸
那束花，原来是娃娃
的一顶帽子

可怜的世界

噔噔噔，我穿着靴子走路
化雪的夜晚真冷啊
要快走，月亮突然出现
好亮，树梢那么黑
我快步走，月亮也急匆匆
看看这边，看看那边
又看看月亮，雪也亮
就我一个人看见这个世界
这个世界太可怜了
总是只有我一个人看见

虫子想起后悔的事

深秋走在花园里
听草丛里的虫子叫

仔细听，它是这样叫的：
哇呀呀呀呀呀呀
稍微隔上一秒钟
又是一声
哇呀呀呀呀呀呀
虫子好像想起
什么后悔的事
想起来就叫
想起来又叫

新衣服

一件新衣服
挂在面前
这么的新
我看了又看
想了又想
要不要穿呢
穿了的话
需要洗
洗了要晾
晾干了要熨
但熨得再平
它也恢复不了
现在的模样

布鞋

前几天看到一个句子
“巨大的宁静犹如洁净的布鞋”
其实原话不是这样的
但我记在脑子里之后

就变成这句了
我总是默默在嘴里念
巨大的宁静
犹如洁净的布鞋
念完了，我决定去找布鞋
我也有一双布鞋

公用自行车

突然出现很多公用自行车
用手机扫码就能打开
骑上就走
好久没骑自行车了
我用手机
对准一辆自行车扫
咔哒一声
自行车仿佛复活了一样
站立在面前
还有点不敢相信
从此刻起它属于我支配
推着走了两步
顺着惯性，坐了上去
才开始蹬了一圈
我就相信了
骑自行车看见的风景
和走着以及坐车真不一样

得意的喜鹊

有一只鸟
可能是喜鹊
站在自己的窝上

（这很明显是它的窝）
那个窝可了不得
特别大又特别深
往下蔓延至
三五个树杈
我想了想
算是见过最大的鸟窝了
那鸟也深知这一点
站在窝上洋洋得意
有点太得意了
风逆着吹散它背上的羽毛
它别过头来
矜持地啄了又啄

鸟叫

凌晨五点五十五
突然就开始有鸟叫
在北京在广州
都是这个时间
前后可能差一两分钟
开始有鸟叫
经过一个完整的通宵
我确定，杭州也是
你有没有想过
原来我等的是鸟叫

（选自《汉诗》2019年第1卷）

彭飞　《家・八》　水彩画　41cm×31cm　2014 年

彭飞　《家 · 一》　水彩画　41cm × 31cm　2014 年

诗集诗选

《今生荒寒》诗选

/ 般龙龙

祈祷诗

家门敞开
十月的夜晚在爱的人那边
像一阵风，像梦
落下来。翅膀庞大，我的野心，我的悲伤

就这样漏下去了
生命如沙；我们一起赞美吧
无论是谁
无论在什么地方

还有一个地方身上有硬壳
使我走路很慢
很孤独

等着邮差，我们赞美

十一月·水泥地

在水泥地上画一个妈妈
我就在她怀里睡觉
妈妈，冬天不冷
睡前把鞋脱了，放在旁边
冬天，曾经是个童话
不该发生的，不冷
贫穷也不冷
冬天，不该坐上一块钱的公交车
一去不返
终点站不该出现

我不小心跌倒了
跌在妈妈的怀里
所抱着的疼痛是那颗最小的小行星
它也有一支粉笔
它不发光
只是活在另外的夜晚
深埋，吃土
影子挥之不去啊
要怎样，才能画出手
垫在妈妈的背后

后颈的天空

今夜，把我的脊柱也点上吧
它早晚像蜡烛一样燃尽
它支撑着灵与肉。多少年，不曾有片刻懈怠
如今已是崖壁上的古藤
骨头疼

脊柱的寒冷被它的辉煌击中

许愿时，你知道
血液通过海底，通过时千年已过
时光借韧带、关节及椎间盘的连接
才有隧道
颅骨，肋和髋

骨髓带走旅客
它制造的冤案不能停靠中央车站
三十三节车厢变成石头

我石头般站立。不信神的国度
信神的人为镣铐、旧牢笼而手舞足蹈

那些怜悯风吹雨打
我的人生偏偏在下坡时遇见你

今夜，男人们燃烧后颈的天空
好像是我，又像我的灰烬

六月

母亲切菜，我对着虚空发呆
没有阳光流下，遮蔽生活的丑陋

炊烟改变颜色
或者你已买好面包和矿泉水

你说："有什么办法使你
不想我，不想女人，从而得到男人的本色"

在石头下面我只想看看青苔
想和你分享哭和自由

让木制的身体得到快乐
丢掉头颅，形成最好的诱饵

今生荒寒，来世恐惧
你说我有一只弹钢琴的脚

我们每日浸润其间
红嘴的鸟飞上屋檐

还有那个给你算命的人
捧起海水却放弃了一次梦见鱼的机会

你说：人生是一次长假
岁月越过越多

你说你在三天后
找到一些比魂还轻的东西

离开家的小伙子

我看到我的贫穷时，
它已老了，连同它的话语。
沟壑纵横，群山在远处放光。
我希望再过一次暖冬，
和母亲朝夕相处。

母亲啊，你的泪浸湿了包裹，
里面存着大大小小的离别，

你告诉我：
身后有狮子的舞蹈，
也有看不见摸不着的东西。

海水倒进去也得消失。
我想象着母亲。
她的皱纹能播种。

我读过一些书，
缺乏的正是不喜欢的；
我喜欢女人、财富和潜移默化了的事物。

其他的，被我忽略的，
它们口渴。它们把我的头按到火车里，
尽可能不去想你，母亲！
我的苦不算多，
只是这里的水太少了，
连同清澈的快乐。

无论走到哪里，
我都会在干活时唱歌。
歌声仅仅高过了皮肤。
我无法把你和祖国唱在一起，
母亲，你没见过外面的世界，
你的儿子却在大地上漂泊。

说树

一棵林外的树
叹息之后抬起头
它比我还要独
脖子更长

一棵林外的树，就一棵
长出人的智齿
像我的孩子天天都嚷
疼痛使它清醒

它的根是和那片树林连着的
我看见汩汩的血，在地下奔流
骑马的人如果经过这里
就孕育英雄的梦

我终于找到了想找的东西
灰黑并且倔强
于泥土中没有光亮
却要影响未来的生活

如今，林外的树
已在这种东西的扩展之中
像我的孩子天天都长
最后与我分开

西海

没见过大漠
还不知道落日？它的圆
值得用左手去捞
父亲在雾中撒下弥天大谎

我还不想，不想把骨灰装进烟盒
宁愿被你的食指弹中
落于尘土

前世作孽，今生得了脑瘫
人间竟容我活了这么大
并且歌唱、吟诵
我该感谢谁

我要死了，我要说一些清楚的话
父亲，我被你钓上来——
这种爱不是爱
为什么在母亲那里从来不提

分别多日

分别多日，
也许这一生见不着了，
事实上，我已到皇城根，
傍晚，荒烟，放慢速度。

车子落满灰尘，
高高的桥，仿佛窥见你的倥偬，
什么在流，下面有一颗心
寄望于明天。

黄昏，昆虫，
夕阳抓住一根树枝——
可怜的城市。

我想起你，情人节空空，
几盆花，没人喂养的金鱼，一个大书柜；
天南海北，
我有笨拙的爱。
六年的时光真的就那么遥远？
满身疾病我该何去何从？

路过北海前门我看见一个傣族女子，
她的花瓶和鲜艳彻底粉碎了
这个下午。
说不出话，古城墙像黑簇簇的日子
排队，然后出发。

我躲在泥土里，无法顺畅地说，
无法向你表白。

过天柱山隧洞

亲爱的，你肯定来过这里
肯定留下了足迹或身上的气味
我还有一点时间
这辈子去追才华横溢的女人

从三峡回来，来不及充电，来不及和你联系
我在水下托起一座城
一顶草帽；肩上的猴头菇云雾缭绕
那么轻易地想到烦恼
想到今生还有几次这样的旅程

在太平溪港，在宜昌
十二个森林仙子全部排在右边
前后是隧洞
我们的宿命好像早就定了，这天，这地

为什么南方的山整天生气
好像谁欺负了她们

我想外面的天柱山没有高过我的爱

它们都太古老了
并且越来越绿，越来越矮

我不能在天上见到亲人

我不能在天上见到亲人
一朵云或地上的虫子
忧伤伸出来——僵硬的身躯即使在四月
也不得回暖
几个月，我没写一个字
几个月，我天天悔恨
想起去世的母亲，那些我们相依为命的命

说什么也没用了
母亲，我没把你拉回来
没把那只马蹄掌放在灰墙下
我的呼唤只能穿透冰凉和绊脚的悲伤

2005 年，我悲伤
我的右臂灌了铅
我的脚步跌跌撞撞
我的言语憋坏了我
前胸与后背干瘪得像以前的学生
这些不及啊，不及人间的阴影
爱，挣扎，树根，血液
生其心，无所住
直到后一天，我的罪孽成为野兽
我的痛诉落下大片尘土

母亲，我天天祈祷
低于天空的是今生，愿你的灵魂永生

（选自殷龙龙诗集《今生荒寒》，中国青年出版社 2019 年 7 月版）

《春风来信》诗选

/ 何冰凌

小西天

蔷薇就开到这里。
你好吗？我轻微厌世。
却没有一个湖，
能够让我抱着去死。

地安门

太阳的十万支金喇叭
小泣后可一见。
身体慢慢消失的过程
当享用如美味佳肴。
等着啊。一日将尽
你没来。
我在对面街角等你
等你
骑着鹅毛出现。

厌倦

已经落下来的雨，都不曾点化我们
菩提们面孔不一
全都找不到了
公共学校里晨读课的铃声
将人们吵醒，街道湿漉漉
难以描述的此刻
不断有倒马桶的声音传来
现在，你总该相信了吧
即便烂掉的生活
也无法阻止墓碣上的饶舌
我们终将在各自的衣服里老去
缩小的身子呆呆地
看窗外绣球花
正吐出带腥味的一团

冬至的南瓜

冬至那天
我下厨剖南瓜
它在乡下屋顶上端坐时
极像佛的样子
现在我杀了它
还要用人间烟火煎熬它
还要和孩子们一起吃了它
来醒目

与诗人西川谈海子

我们还谈些什么呢

母亲的梨花是困顿的
如她过度生育的肚皮

再没有人
祝福小麦花永远美丽

桃树结痂
形同悔恨

在哪里才能找到你
风吹走了故乡的落日
母亲的眼泪扑打在查湾的土地上

那片低矮的小松林毁于 20 年后
山海关
冰凉的铁轨依旧在雨水中发亮

天使之死

牛在堤边吃草
细雨垂向湖面
风把涟漪吹散开来
大理石冰冷，不被说出
这些景物
都有着一种天然的哀伤

京畿大雪抒怀

大雪是一个孤独的人
在给自己写信

落款在浑圆的松树冠上

人世变得醒目
也多了一份不合时宜

她在窗前喃喃自语
舌间吐出擦亮的银器
又像是在祈祷

寒凉，瞬间变成松针一齐刺向她
这刺痛
无比的美妙

中年之后不再脸红

“彼此相见格外欢喜，
江声浩大，自屋后上升。”

这一夜
我收获了一个浪子的赞美。

我无数次地献出自己，
只有这一次，
我收回我。

梨花白

要经历多少疼，才娩出如此圣洁的颜色？梨花
——搅动春天全部伤感的蜜源。

身穿亚麻布的天使来到人间。越来越白
痉挛或舞蹈，如月下潮汐，枝头

冲刷着沙滩。这盲人之光，少女的脸面
三月小径一侧，颤抖和沉默的羔羊

是悲悯的梨花。我惊异和受制于
她的白

这样的爱憎捆绑着人类
——你窗外的月色和梨花配合得多好

恰如灰喜鹊在枝头的轻唱
哦，有生之年，我将这样度过。

祇树给孤独园

生命被剥夺
又突然归还
多么美妙的恩赐
一次误诊
这样的从容使我相信
落叶终会有返枝的那一天
路边盛开的野花
也会被小母牛温顺的眼睛
看见

杂句

不知何时，我身体里的热血慢慢凉下来
这深秋的凉风，这深秋的叶子
万物都凉下来了
当我说出这些，一切都太迟了

我早已顺从了杨柳的顺从

影子诗

在河边，有一个人晃了一下
他淡得像一个影子
在这样的天气里，只能是一个影子

（选自何冰凌诗选《春风来信》，长江文艺出版社 2018 年 12 月版）

《异己者雅克》诗选

/ 何不度

歌声

偌大的厂房里，只有
他的歌声回荡
嘈杂的机械的响动
也像是伴奏
我第一次发现
唱花儿的这个临夏人
是这么地忧伤
是花儿忧伤的调子呢
还是他的忧伤找到了
花儿
连人群也像是忧伤的伴舞

一分为三

至少一分为三：夜晚床上做梦的那个
为食色奔命的那个
独自无语枯坐的那个

如果再多出一个，你也一样无法拒绝

爱上一只猪的生活

每天都要从公园十字出发，途经天鹅湖水厂寺儿沟
接送 8 岁的儿子上学
回家，小心穿过红绿灯

在路上会想自己的前世，是否只做了三件事：出生　哭　死
都是身不由己
来世还只做三件事：哭　死　出生
想这次，总可以自己做主，换一个次序了吧

喇叭尖刺，让我心惊：紧紧抓住儿子的手
并对他说：过十字路口要快
要躲开红灯，躲开汽车，不能一个人独自穿行

看着儿子的眼睛，突然爱上了今生
爱上一只猪的生活

槐树

修辞无效，迷宫无效，鄙视无效，压迫无效
槐花的清香无效。槐树生活在大街两旁

槐树已没有听觉、嗅觉、视觉、味觉、判断
槐树好像已经乐于这样

这样，他避开了修辞、迷宫、鄙视、压迫
清香要独自穿过噪音、污乱
告诉那个寻找者，槐树在哪里

忧伤

樱桃在樱桃树上，只有三棵
在三棵樱桃树上
青涩的樱桃自己青涩
红亮的樱桃自己红亮
熟透的樱桃，自己落地

偏头痛

爱上打洞的鼹鼠，只向一个方向一个平面挖
这不是他的错。是偏头痛
让鼹鼠总是觉得一边不够开阔

如果鼹鼠不是偏头痛而是腹痛
鼹鼠或许就会向下打洞，这样就有足够深
如果鼹鼠能够识别光谱，或许他根本就不会
打洞

但偏头痛总是让鼹鼠感觉自己的洞还离自己
不够远，不够黑，不够静

无始无终

桃肉最先烂掉，其次是桃核，最后是种子
烂成一棵新的桃树

这中间，原先的那些桃叶也要烂过许多次
即使树本身也类此

开始在鸟的肠胃中，后来在鸟粪中的那粒

还不到烂的时间

但无可否认，它还是要一次又一次地烂
直到烂成诸多桃子

诸多让我心疼之人之事之物他们都要一样
都要先烂掉

然后，以无所谓扭曲的方式以我之名活着

就这样活着

一个你压制另一个你
一个你教唆另一个你
一个你对抗另一个你

一个你替代另一个你
一个你安慰另一个你
一个你成就另一个你

一个你死另一个你生

另一种慈悲

终于，他吃掉整条鱼
这下好了，不用担心
它会在水中死去

这下好了
之后一段时间他作为
鱼活着

鱼活着的时候不睡觉
他替它睡
鱼活着的时候不说话
他替它说
鱼活着的时候不记忆
他替它记

鱼活着的时候也受苦
这一点不用替
他也有自己的苦要受

冬天已然来临

那只蛐蛐不再鸣叫，给它的胡萝卜丁也几乎不再吃
迟钝已然成为一种保护
死亡已然更像一种安全

一种安静将替代一种嘈杂，成为叫喊
一种空虚将替代一种奔命，成为生活

如是而已

那推门而入的是你么？——不是，是风
那疾声呼喊的可是你？——不是，是雷
那泪流满面的呢，可是你？
——不是，是雨
那么，你是谁呢？

——我是观众，是演员，是导演，是舞台，是音乐，是演奏者
是已被用坏的道具，是扑向烟火的飞蛾

——我还是

一个自己捏造的梦中之梦，无望之迷魂
独不是编剧

——当我醒来，你早已经不在此地——

与己和解

对不起，亲爱的
这么多年来，我总是在不厌其烦地训诫着你
但很失败——

请原谅，亲爱的
这么多年来，只有你对无药可救的我还不弃
也无怨恨——

谢谢你，亲爱的
这么多年来，你终于懂得这个荒废世事的人
他活得多么认真

（选自何不度诗集《异己者雅克》，长江文艺出版社 2019 年 1 月版）

域外

雷切尔 · 贝尔格哈希：米沃什访谈

/ 王东东 译

雷切尔 · 贝尔格哈希（Rachel Berghash，以下称雷切尔）：你最近的书《未能获致的地球》包含了一个在天堂和从天堂里放逐出去的过程。你在书中说："一些人生来就很人性化，其他人却需要慢慢将他们自己变得人性化。"你怎样解释这样一个缓慢的过程？

契斯拉夫 · 米沃什（以下称米沃什）：对于我来说，创造写作的每一个行为都是对缺憾的补偿，为了成为一个好的艺术家，一个人不应非常人性化。全部艺术都是在那方面的怀疑猜想。这些想法折磨了托马斯 · 曼一生。

雷切尔：最后你是否下了一个决心要将自己人化？

米沃什：没有，并不必要。虽然我有数十年都想要那样做。

雷切尔：有一些成果吗？

米沃什：判断自己非常困难。你知道我们很难清楚自己的美德和缺陷。这不是我们的事而归属于最后审判。

雷切尔：在你的诗歌里有哲学，你对 A.N. 怀特海的想法怎么看？他认为哲学和诗歌同源，都是为了"试图表达我们称为文明的终极的善"。

米沃什：我研究过哲学和不同思想的体系，它们在某种程度上就像诗歌组织和建立的过程。我们知道哲学并非寻求真理的答案；它在寻求中可能是非常诚实的，但与诗歌相比，并不是一种更有把握地获得真理的方式。

雷切尔：它们在寻求上相似吗？

米沃什：某种程度相似。就我个人，我不太喜欢写作文章随笔，我在寻求一种更短，更为简洁的写作形式。我的一些随笔具有明确的哲学的意义。我的书《幽柔之国》——题目取自布莱克——正如我想，是一部哲学书。我非常感谢哲学仅仅因为它存在，并怀着敬意记得我上过的哲学课。但是哲学——就我最终要忘记它这一点来说——才对我是好的。

雷切尔：就像克尔凯郭尔，研究哲学是为了最终放弃它。

米沃什：某种程度上是。

雷切尔：你是否认为哲学和诗歌在一种检验显见的道路上？

米沃什：是的。有一定数量的被哲学家问了数个世纪的问题，无疑和人类的一些日常发现有关。有时你挑选显见的常识，将它们转变为一个哲学提问。在我的新选集中有一首诗《吾人》，起因于一天早上，我坐在大学自助餐厅里，听到身边的谈话声：“‘我的父母，我的丈夫，我的兄弟，我的姐妹……’／我听着，在自助餐厅里吃早餐。／妇女们的声音沙沙作响／在一种必要的仪式中完成自己。／我，眼光滑过她们快速翕动的嘴唇，／欣喜于我在这里，在这个地球／和她们一起在尘世多待一会，／庆祝我们微小、微渺的吾——人。”这就是从显见事物中提炼出的一首哲学诗。还有什么比餐厅谈话更显而易见的呢？

雷切尔：在美国诗人们倾向于将写作重心放在他们自己身上。我不认为你的诗歌也是如此。

米沃什：陀思妥耶夫斯基说过一个人最想要的就是谈论他自己。我猜测这个倾向在很大程度上归因于文学在二十世纪的极端主观化，尤其是在西方。在中欧，在我来自的那片欧洲——波兰、捷克斯洛伐克、匈牙利——这种倾向没有这么强，因为在那里它在某种程度上被历史经验平衡住了；他们的个人浮现在二十世纪的历史的地基上，浮现在全体历史的地基上，个人主观化的倾向被减缓了。

雷切尔：我愿望给你的新书起一个副标题："智慧新书"。在里面除了你自己的诗歌，你还添加了各种各样的"题词"，其他作者的诗行，它们都处理重大的问题。是什么推动你收集这些并将它们加入到你自己的写作？

米沃什：你的问题非常有意思，意味深长。我总在寻找更有容量的方式以表达自我。在对抒情诗的纯粹性的追求下，很多技术都被从诗歌中排除了出去，比如史诗很大程度上被抛弃，这让诗歌在今天对我显得有一点狭小了。在我的新书中我想尽可能说得更多，通过混合散文与诗，混合我的诗行与我认为和这本书的基调和思考有关的别人的诗。

雷切尔：小说呢？

米沃什：小说对我来说是诅咒。

雷切尔：从你的诗歌和你引用的"题词"来看，我觉得你认为与其用一种回顾的良心对待罪，不如采用一种展望的良心。

米沃什：是的。在我的生命中有一段非常困难的时期，我经常回顾我过去岁月的缺憾、罪过和错误行为。我的一位朋友，一位存在主义哲学的追随者告诉我，我在做一件中世纪叫做"罪之乐感"的事，这个词描述僧侣们惯于思及他们以前的过错和罪愆，对它们日思夜想而忘了去做现在必要的事。她说我们的过去并不是静态的，而经常随着我们现在的行动而改变。我们现在所做的事向过去投了一束亮光，现时进行的每一个行动都在转化过去。如果我们将过去用作一种行动力量，比如推动我们去做好的事情，我们就解救了过去，赋予我们过去的行为一种新的内涵和新的感知。

雷切尔：那么你会说为善的标准就是试图做得更好吗？

米沃什：我不知道是否我们应在这些范畴里思考。通常我们被过去包围。我们总是以过去和未来的视角思考。我们在头脑中看到我们过去所是的形象以及未来将是的形象。我们很不愿意以现在的视角思考。

雷切尔：在你的书中你说："自然很快让我厌烦了……"稍后的地方又说："毕竟，自然并非是我沉思的对象。我沉思的对象是现代都市里的人类生活，'那堕落动物的快乐'，如波德莱尔所说。"是人类应付罪恶的能力让你感兴趣吗？

米沃什：不，我其实是想说人类世界比自然世界更让我感兴趣；可能在美国这样说是一种异端。

雷切尔：在波兰不是吗？

米沃什：19 世纪初自然在欧洲就丧失了它浪漫主义的吸引力。大自然母亲并非总是仁慈。一位我喜欢的作家是伊萨克·巴什维斯·辛格，对他我有一种深切的共鸣。他总是处在一种永恒地反抗上帝的境地，因为受苦——动物所受的苦难和人类所受的苦难。我将自然看作一种无法摆脱的法则的永恒提醒者，这种法律就是受苦和吞噬、毁灭——动物吞噬动物。我对自然怀有一种怨恨，因为它的形形色色都相似于我看到的人类世界的残酷和丑陋，二者有一种同源关系。这对我来说太可怕了。当然还有一些希望，人类对人类有可能更为仁慈，但这总是一个徒劳的希望。在很多情况下人类更糟糕，甚至很糟糕。

雷切尔：你这是以动物的视角而非树木和山的视角看待自然。

米沃什：单独以美的视角来看待自然是非常困难的。自然有一种无限量的美，我对这种美也无限敏感。但在自然中也有一种单调无聊，对模式样板的重复，这和人类世界那万花筒一样变化多端的巨大的多样性正好相反。

雷切尔：在你的一首诗《七十岁的诗人》中，你说你的快乐会长存下去。这怎样解释？

米沃什：这是一首非常具有浮士德色彩的诗，与永恒青春有关。尽管我年纪很大，但我一直都处在一种非常年轻的状态中，漫游不休，并且总是惊奇、困惑。

雷切尔：在同一首诗中你说，你为你的生命快要结束了感到悲伤。你是在悲悼自己的死亡吗？

米沃什：我想，存在着一种对死的惧怕。年轻的时候你可能比高龄的时候更害怕死亡，但是在高龄的时候存在着一定量的悲伤，因为你不得不习惯于往前看，为未来计划，并且认识到你的时间很少了——很多计划有可能被取消，纵使我们当然不知道我们会死在哪一天或哪一个钟点。

雷切尔：在《七十岁的诗人》中你也说你全部的智慧都化为虚无，接着你说你为了反抗虚无而建造秩序。这是一个有趣的矛盾。

米沃什：我不知道这是否是一个矛盾，因为形式就是对混乱和虚无的永恒的反抗。如果我有智慧的话，我就不需要持久地创造形式来抵挡混乱虚无。我们经常受到虚无混乱的威胁，因为这样的生活包含着无限多样性。我对二十世纪的个人感受是我们被淹没了。这个世纪发生的事情在恐怖和英雄主义的意义上逃离了我们的思想和表达。这个世纪很大程度上未被讲述。这同样适用于人类生活。我们处在逃离我们的词语和记录的力量的掌握下。也许那就是为什么今天每个人都想写一本有关他们自己生活的小说。只要形式还被关注，人类生活的每一件事都是形式或在给予形式；我们首先通过由字词、标志、线条、颜色和形状组成的语言进入与世界的关系之中；我们不能通过一种直接的关系进入世界。我们的人类自然中包含已中介化的各种事物；我们是文明的一部分；我们是人类存在的一部分。写作是一种持久不变的抗争，试图将尽可能多的现实的元素翻译成形式。

雷切尔：你对行动的形式怎么看，比如道德行动或英雄主义的行动？

米沃什：行动可能是重要的，但是我并不是一个行动的人，我也不应这样宣称自己。在行动中也有很多幻觉。

雷切尔：我说的行动是那种有动机的行为。苏格拉底之死是英雄行动的一个例子。你是否认为苏格拉底之死表达的比他的对话可能表达的更多呢？

米沃什：苏格拉底和他的生活写作了一种隐喻。无疑我们可以找到其他很多相似的例子，它们在人类生活中具有某种永恒的存在。问题是，在多大程度上存在着对那种行动的神话的转变。可能想象虚构的变形是必要的。

雷切尔：你说的神话变形是指什么？

米沃什：《约伯书》集中在一个无辜的人的受难，以及这种受难的意义上。也许约伯受难的意义就在于创造一个道德寓言——是那本对约伯的故事进行神话转化的《约伯书》的材料。

雷切尔：《约伯书》显露出的答案，我们只能知道一些现实的碎片而上帝却知道现实的总体，能满足你吗？

米沃什：是的。这个问题我在我的书里也触及了，我甚至援引了奥威尔。我在书里讲了过往的问题。如果过去只是存在于人类记忆里，或和人类记忆一起消失，或者只存在于容易被毁坏的记录里，那么实际上所有人类和所有发生的事情都会烟消云散，不具有稳固性，并且根本不存在。为了去想象过去是真实的，那些死去的人是真实的，比如在二十世纪的恐怖条件下死去的人，我们需要假定一个同时知晓过去、现在，和将来的一切事体、一切细节的头脑。这就意味着奥威尔虽然秉持不可知论，某种程度上也在寻求解决方案，而唯一的解决就是一个建基于上帝的客观现实。

雷切尔：是什么促使你写下《人间乐园》？

米沃什：那是在马德里的普拉多博物馆，我观看希罗尼穆斯·波希的著名壁画《人间乐园》之后。那幅画神秘莫测的性格让我非常惊讶。画家要说什么？是含混的。我们不知道它是否是对尘世的赞美，或对色情的赞美，或对永恒诅咒的恐惧，带着一种十五世纪精神对待世俗之乐的反讽态度。在那首诗中我的兴趣说了那么多我自己对那个题材的含混态度，以及二十世纪现存的对它的模棱两可。而过去比如中世纪有一个非常禁欲主义的视角。但是今天我们非常含混。我们不知道。

雷切尔：在你的书中你说："我爱上帝吗？或者爱她？爱我自己？圣徒将他们对上帝的爱写得如此生动，如此真切，这对我是有趣的。但是爱上帝的含义却会让我困惑，因为在我看来，爱上帝只能通过行动。”

米沃什：这些我很知道。一个很老的问题了——怎么样将我们对被造之物的爱，对世界的爱，它们都是通过感官容易进入的，与被世界分离的上帝的思想区分开来。伊萨克 · 辛格是那种多神论者，他将上帝和世界看作是一致的。我发觉这里会有极难对付的争执。

雷切尔：你的诗“乔姆斯基神父，很多年后……”我非常喜欢，也在对这个问题发言。你说乔姆斯基神父拒绝向世界弯腰屈膝，你问道：“我那时是在对抗世界而受尽磨难 / 还是不自觉地与世界一起，属于它？”你能谈一谈你和他的不同吗？

米沃什：我们回到刚才那个问题。乔姆斯基神父是一个禁欲者和狂信者。他确定无疑地应该受到赞扬，为他的不屈服和拒绝与世界妥协一致。而我选择了全然不同的道路，我总是经常深陷入所谓的生命的洪流中去——其实是非常肉感，正好是禁欲主义的反面。在那首诗中，作为一个问题，我疑惑这样做是否我就站到了魔鬼的一边，因为现今世界充斥了探险，绝大的好奇心以及通行许可；这是一个什么事情都可以被允许的世界。我是很充分地站在现代世界这一边来拷问自己。

雷切尔：那么能说你是站在壁垒的两边吗？

米沃什：可以。我是一个矛盾的人，这我不会否认。我一直在翻译法国哲学家西蒙娜 · 薇依的作品，她是个为矛盾辩护的人，我也不喜欢假装自己有一统的视角。

雷切尔：在你的书中你表露了一种区分重大与琐屑的智慧。通常是我们的个人品质将我们引向这种洞察力。你认为你的洞察力是出自品质，还是天赋？

米沃什：我认为我们会为我们得到的每一天赋付出代价，所以我并不为天赋感到骄傲，因为知道会付出代价。如果你所说是真的，那么对我来说它也更像恭维，如果我接受这样的恭维态度我就显得是一个自大的人。但是我的缺点创造了必要的平衡，所以听到你的恭维我并不就自我膨胀起来。

雷切尔：那么你一定觉得为具有天赋付出代价理所当然了？

米沃什：是的，可能。

雷切尔：在一首诗中你说你不会告诉嫉妒者这代价是什么。你是想让他们觉得这很容易吗？

米沃什：让他们这样想好了。在这个国家，某种程度上我不应该被认为是一个有才华的人，因为这里有关于一个作家、一个诗人的确定的观念，而我并不符合：我从来没有在精神诊疗所待过；我不使用毒品；也不酗酒（我喝，但有节制）；所以我可能是不正常的。

雷切尔：你是否认为一个人必须在情感上病态才能成为作家？

米沃什：不。我认为很多人都属于情感疾患，并且有很可怕的情感纠结，但是我们对他们所知甚少。但是作家就不同了，这方面总是以某种方式被泄露出来，于是人们都知道了。

雷切尔：我在想罗伯特·洛威尔和你的对照。

米沃什：有那样一些我嫉妒洛威尔的时候。我会说："啊，他是聪明的；他有了一次崩溃，人们将他带到了疗养院，在那里他可以平静地写作；但是当我经历一次危机我却必须正常运转。"

雷切尔：对你的一首诗《紧身胸衣的挂钩》你附注评价说："在我帮她解紧身胸衣的挂钩时，我赋予了它一种哲学的意义。"在你那样做时，你能够构想给行为赋予意义吗？

米沃什：有关我们的意识和行为这一确定的二元论的问题非常有趣，也许是一个狡猾的问题。我知道一些人满脑子都是文学，于是他们的每一行为，甚至私人信件的写作，都是在构造艺术世界的想法下完成的。我们也可以想象，在他们对他们的哲学意义的冥想中，其实伴随着各种各样的生理功能的实现。但是回到你的问题，我猜测如果我们真的沉浸在爱之中，我们是不会有这些想法的。

雷切尔：你能否设想，举例说，一个人考虑一种性关系，为了让另一个人更接近上帝？

米沃什：我看不到那种有意识的谋划。

雷切尔：那么是无意识的谋划？

米沃什：对。我的远亲奥斯卡·米沃什，他是一位法国诗人，写了一本很有趣的小说《爱的启蒙》，出版于1910年，一个对漂亮情妇的爱的故事，发生于18世纪的威尼斯。叙述者和主人公都是慢慢才认识到肉体的世俗之爱是通向爱上帝的途径。

雷切尔：你写道："当人们不再相信善与恶/只有美能呼唤和拯救他们/以便让他们学会明辨是非。"没有艺术的美我们就无法认识真理吗？

米沃什：一个正教神学家塞尔奇·布尔加科夫经常说，艺术是未来的神学。我不知道这是否正确。我不太喜欢这种会被我叫做艺术的宗教的东西。在二十世纪我们看到了一个确定不移地崇拜艺术的普遍倾向。艺术变成了宗教的替代品，我对此深感怀疑。但是，无疑这里存在着应被尊重的东西——撇除那些势利的、不太高贵的甚至自私的动机，或者艺术家对他们艺术的自吹自擂——因为，在一个缺少确定性和价值观的稳定基础的世界上，人们本能地转向或许是灵感充溢的神圣的艺术。

雷切尔：在你的诗《紧身胸衣的挂钩》中你放入并超越了何种时空？

米沃什：这首诗是关于二十世纪初的年轻女人们的。在散文评论中我运用了那个时代所谓的堕落文风："你要白孔雀吗？——我会给你白孔雀"。这里提出了一个严肃的问题，就是我们总是风格的囚徒。我以前说过我们创造形式，但是形式在变，因为人类世界在变化。如果我们看1919年以来的电影就会发现那时的女人和现在的女人是不一样的——甚至她们的身体也不同，因为时尚、风格和衣着。我描写的那些女人屈从于她们时代的风格。绘画和诗歌的各样风格也是如此。我们的问题是看不到我们自己的风格；我们认识不到它。一百年后我们的衣着、风尚，我们思维的方式就会被打量，也可能会被认为有点滑稽。在我的这些散文片段中有一种怀旧，有一种冲破形式和风格的中介而和人类，和这些早已香消玉殒的女性交流的渴望。

雷切尔：在批评中你谈到秘密、奇迹以及对真理的寻求。简言之什么是真理呢？

米沃什：对真理的寻求就是对上帝的寻求。

雷切尔：在同一片段中你说："她已化作灰土的肉体对我来说是可欲的，就如对另外一个男人那样……"你实际上能接受吗？

米沃什：我已提过，这首诗是想要重建1900左右的时代。我并不生活在那个时代，但我想象在巴黎街道漫步，把自己等同于那不再存活的男人和女人。以哲学的方式，在一种沉思默想的特定心态下，我们可以和他人同一。当普鲁斯特回忆起过去的时候，他所有的爱和嫉妒都转化成了艺术和形式。艺术是距离和超然。在实际生活中我们不可能超然；我们是我们激情的牺牲品，不可能与他人同一；我们嫉妒他们甚至有几分准备去踢踹他们。

雷切尔：《零散的笔记本》中的《实体》，描述你在巴黎地铁上怔住了，由于一位女孩的脸。你说："去拥有。甚至构不成欲望。就像一只蝴蝶，一条鱼，植物的茎秆，只是更多神秘。"那女孩离开了地铁而你"……被遗弃在了存在事物的广阔无垠中"。这里有一种让你写下诗的沮丧情绪吗？而写完后就解脱了？

米沃什：无疑有一种沮丧感，在写作之前，但写完后并无解脱的感觉。

雷切尔：你写完一首诗，比如这首诗后会发生什么？

米沃什：就我所能记得的，我匆忙写下这首诗表达我的沮丧感，以及我并没有太多注意的渴望感。过了一会这首诗对我就变得无比重要，因为我意识到在里面我表达了对我来说是本质的东西。

雷切尔：让我们把这个经验当成一个范例。如果沮丧感没有消除，写作是怎样影响你个人的呢？

米沃什：我们讨论过写作的问题是对抗混乱无序和虚无。写完了这样一首诗我那天就可以说解脱了。我已尽了自己的分，为了对抗虚无混乱。对于这一天来说已经足够。

雷切尔：你获得了诺贝尔文学奖和其他众多奖项和荣誉。这些怎样影响到了你？

米沃什：这些事情以一种特殊的方式作用于我。我不会因为诺奖改变我的观念。很经常地，当我和其他诺奖获得者在一起，我就会被一种想法抓住，他们应该是被赋予了很大荣誉的团体。然后才会突然记起我也是其中一员。与此相关的问题是一个实际问题，也就是说我愿意我的作品建立在它们固有的价值上，而不是建立在一个名人的基础上。我寻找那些和我有亲密关系的人，能够坦言相告我的作品哪些他们喜欢，哪些是他们不喜欢的。

雷切尔：在书的最后章节你说：“不要取悦任何人。不要在后世获得名声。”这是愿望或决心吗？

米沃什：这是一个好问题。完全诚实地说，我愿意去取悦一小部分精选的人，他们是我脑中的理想读者，而不是宽泛的阅读大众。（这里可能有一种傲慢自大，去选择一小部分欢乐的人，他们有能力欣赏我的作品）我要说的是，如果你追求取悦他人，你可能就有一点妥协的倾向，就会做特定时代变化多样的时尚的追随者。当我说“不要取悦任何人”，我指的是我遵循我个人对秩序、对节奏和形式的需要——这里，现在，面对属于我的这张纸——并且我将它们当作对抗混乱和虚无的武器或乐器来使用。“不要取悦”是对我自己的斗争集中注意力，而非对我和读者的关系。

（译自《党派评论》，1988 年；选自《燃读》公号）

曼德尔施塔姆诗选

/ 奥西普·曼德尔施塔姆 /李莎 译

世纪

我的世纪，我的野兽，谁敢
注视你的瞳孔，
并用自己的血黏结起
两个世纪的脊骨。

血的建设者伴着喉音
从尘世之物中涌出，
寄生虫只能哆嗦着
站在新世纪的门口。

牲畜，用毕生的精力，
将脊柱运往应到的位置，
线条摆动着
隐秘的脊椎骨。

新生大地的时代，
好像孩童柔嫩的软骨。

为再次献祭，如同羔羊
带来生命的头颅。

为了夺回被俘的时代，
为了把新世界开启，
必须用笛音系起
多灾日子的膝盖。

这是时代摆动着线条，
用人世间的忧伤，
蝮蛇在草丛中呼吸着
世纪金色的尺度。

而萌芽将继续膨胀，
会拱出绿色的幼枝，
但这将折断你的脊柱，
我美好而可怜的世纪！

带着麻木的微笑，
你向后望着，残酷而虚弱，
就像野兽，敏感的样子，
望着自己留下的爪印。

血的建设者伴着喉音
从尘世之物中涌出，
而海中温暖的石头
向岸上投掷滚烫的鱼。

从高高的捕鸟网，
从天蓝色的潮湿石块，
流淌着，流淌着漠不关心

向着你致命的瘀青。

1922

一九二四年一月一日

谁亲吻时间那疲惫的头颅
带着子孙的柔情，之后
他将记起，时间怎样躺倒，
在窗下的麦堆里沉睡。
谁向时代掀起病态的眼皮——
两个昏睡的大眼球——
他会永远听到喧嚣，当虚假且耳聋的
时间之河咆哮。

时代—主宰有两个昏睡的眼球
和漂亮的黏土嘴巴。
而他，正在死去，瘫靠在
年老的儿子僵住的手臂上。
我知道，生命的呼吸日渐衰弱，
再过不久——关于黏土怨恨的
朴素歌谣会被中止，
嘴唇将被锡封住。

黏土的生命！时代的衰亡！
恐怕，只有那无助微笑的人
才会理解你，
他已经丢失自己。
怎样的痛——寻找失去的词语，
掀起病态的眼皮，
带着血液里的石灰，
为异族采集夜草。

时代。生病的儿子血液里的石灰层
凝固。莫斯科沉睡，像个木箱子，
无处逃离时代—主宰……
雪散发苹果香气，一如从前。
我想逃离自己的门槛。
去哪儿？街上一片黑暗，
就像撒了盐的硬地路面，
良知在我面前渐白。

沿着小巷、鸟窝和房檐
随便去个不远的地方
我，普通乘客，用鱼皮般的薄衣遮体，
尽力用车毯把一切捂紧。
闪现道路，又一条，
寒冷的雪橇，发出咕噜声，
结实的绳索不会松开，
一直从手里滑落。

冬夜用怎样的铁和合金商品
在莫斯科的街道上叮当作响。
时而敲着冻鱼，时而从粉色的茶里
冲出蒸汽——像拟鲤闪着银光。
莫斯科——又是莫斯科。我对她说：“你好！
别见怪，如今已不是灾难，
我像从前一样尊重
坚实联盟和狗鱼法庭的兄弟情谊。”

在雪地里燃烧的是药用树莓，
哪里传来安德伍德打字机的噼啪声；
车夫的后背和半俄尺深的雪：
你还要什么？没人碰你，也没人杀你。

冬日如美人，摩羯座在星星中
散落，闪着奶色的光，
马尾拍打着冻僵的滑木
整条车毯磨蹭着，发出声音。

但小巷被煤油炉熏黑，
吞咽雪、树莓和冰。
一切都脱落，像苏维埃小奏鸣曲，
回想着二〇年。
难道我要向无耻之徒告密——
严寒再次散发苹果香气——
这是第四阶级的奇异誓言
和让人落泪的巨大诅咒？

你还要杀死谁？你还要赞颂谁？
还会编出什么谎言？
打字机的脆骨：快拔掉按键——
你会发现狗鱼的小刺；
生病的儿子血液里的石灰层
融化，迸发出快乐的笑……
而这写着字的机器的普通小曲——
仅是那伟大奏鸣曲的阴影。

1924，基辅

不，我从不是谁的同时代人

不，我从不是谁的同时代人，
我担不起这样的荣誉。
哦，正好有个讨厌的人与我同名，
那不是我，是另一个人。

世纪的主宰有两个困倦的眼球
和精美的黏土嘴巴，
但他正在衰亡，落入日渐老去的
儿子日渐麻木的手中。

我和世纪一起掀起病态的眼睑——
两个巨大的困倦眼球，
而轰鸣的河流向我描述了
人类红肿的诉讼历程

百年前一张轻便的折叠小床
像枕头一样变白，
黏土的身体奇异地延伸，——
世纪终结了原初的醉态。

在世界嘈杂的进程之中——
多么轻盈的一张小床！
还能怎样，如果不能锻造出别的，
让我们与世纪度过世纪。

闷热的房间，游牧民族与露营的帐篷里
世纪死去，——而随后
角质胶囊里的两个困倦眼球
正闪耀着羽毛的火焰。

1924

石板颂

星与星——强力的结合，
燧石道路来自古老的歌谣，
燧石和空气的语言，

燧石与水，马蹄铁与戒指，
在云层柔软的页岩上
有幅乳白色的石板画。
这并非人世间的蒙初，
而是半睡绵羊的呓语。

我们在深夜站立入睡，
头戴温暖的羊毛毡帽。
源泉返回荒蛮的草原，
流淌锁链、柳莺和言语。
这里书写恐惧，这里书写位移（进步），
使用乳白色的铅棒，
在这里流水的忠实信徒
正在酝酿草稿。

羊角般狭窄的城市，
层次强于燧石，
还有那些山丘——
绵羊的教堂和村庄！
铅锤给他们传教，
流水为他们授课，磨蚀时间——
还有空气透明的森林，
早已对一切感到厌烦。

像死在蜂巢旁的胡蜂，
杂色的日子被耻辱标记，
鹰嘴的黑夜带来
燃烧的白垩，喂养石板。
从毁掉圣像的板子上
擦去白日的印象，
像抛弃雏鸟，从手中甩落
已经透明的视力。

采摘果实。葡萄成熟。
白昼怒吼，像平日那样怒吼：
向着女人的温柔游戏，
向着正午恶犬的裘皮；
就像从结冰高空掉落的残渣——
像绿色形象的背影——
饥饿的水流淌，
旋转，玩耍，如幼小的野兽。

仿佛蜘蛛向我爬来——
每一条接缝都溅满月光，
在令人惊讶的陡坡上
我听见石板的尖叫。
我折断黑夜，燃烧的白垩
为了瞬间的坚硬笔记。
我用喧嚣换来箭头的歌唱，
用秩序换来愤怒的鸨鸟。

我是谁？不是直率的砖石工。
不是屋顶工，也不是船员——
我占据两片土地，具有双重灵魂，
我是黑夜的友人，我是白日的先驱。
有福了，将燧石称作
活水信徒的人！
有福了，用皮带捆住
山根和硬土的人！

而如今我背诵石板
年岁划痕的日记，
燧石和空气的语言，
带着暗层，带着光层。

我想把手指伸入
自古老歌谣而来的燧石道路，
像伸入钉痕，紧紧焊牢——
燧石与水，戒指与马蹄铁。

1923 年 3 月 8 日

尤里 · 塔尔维特诗选

/ 尤里 · 塔尔维特 / 亦来　译

记忆所在

纸张是容纳词语的
有界的空气——
脆弱，难以捕捉
如石板，如布满
电子神经的屏幕。
风撞击着窗子。
谁的手轻轻地拂动
熟睡孩子的发绺？
怎样的颤动的树枝
谁的唇上怎样的薄雾
来自草丛的怎样的召唤
谱就了这歌中之歌？

在布满人造神经的
纸板之墙后面
（你敢碰吗？）记忆存在
（你是不是已经

打算抽身？）
记忆保存遗忘之事，宽宥你
此时此刻的犹疑。

未竟之梦如是说

你，自己离开了，但你
腾出的空间并未完全
退清。细小的声音传来
从衣橱边上，从更早的
十年前：“这衬衣还有爹地的味道。”
那时，有点兴奋，现在，真切地
从大洋彼岸传来，听上去已经
像个男子汉：“你怎么不打电话，父亲？”

地板承受着我们那
交叠的脚步的重量，
窗格为眼睛
将早晨的金色采集到
一个点。这儿，在加利福尼亚
因为孤独，睡眠让你解脱，
轻柔而恍惚地漂浮。

在家的那边，阳光更早地
射入你寓身其中的房间，
更迟缓，更慵倦，更有生气。

又及哈姆雷特

你那时怎么会这样做，格特鲁德[1]？你

[1] 格特鲁德，哈姆雷特的母亲。

难道不明白爱填充身体
用的是使人致残致死的绿毒？
要清楚这一点，犯不着
坐飞机到丹麦去，也不用
成为王子、皇后、傻子。
哈姆雷特根本不存在。它只是
一部电影，一个虚构，我的小女儿。
（尽管你，刚刚降生到这个世界
一年六个月，爱抚不会伤人。）
撒克逊学者构思了一出剧本
为一个不列颠诗人，他只想
让人们看到，这个为王位（父亲）
所纠缠的王子，怎样刺出
他的佩剑，而他击中的只是
围在他自己身边的众多阴影中的一个。

水下的维尔纽斯

好在这里的草依然是绿的
而人们脸上的表情绷得
不那么紧，可以藏住
尴尬窘迫。坚壳中的蟑螂
突然鼓足勇气穿过
变成沙漠的地板，向说话者
疾速奔来。迎向那由
朦胧的晚间林地中的稠密琥珀构成
古老如 Σ 或 Ω 的音素
你，莱缪尔[1]，有些难堪
你舌尖上飞岛国的语言
突然毫不知情地

[1] 莱缪尔，斯威夫特小说《格列佛游记》的主人公。

打了个结。你不得不
抬起头，从草地的平面
向上仰望，去看
一座山——格里高尔[1]迅疾的阴影——
如何将你笼罩于一座水下之城

热非洲的文学会议

从云端那零下五十度的寒冷之中
我们飘然落下狮子咆哮以示欢迎
在喀拉哈里我们张开嘴畅所欲言
我们滔滔不绝地谈论着所谓“边界”
以及“他者”非洲马——报以嘲笑
报以不屑我们收拾好各自的论文
装进包我们飘升回零下五十度的
寒冷之中狮子咆哮以示一路走好

致一位自然主义作家

我将送给你一堆旧衣服，
这样你就能提供袜子、裤子，
至少一件薄外套
给你的主人公，你说，他们
来自生活。（来自
尘土的人，将要……）谁来自生活，
必定会重返生活。可是
既然你赤裸地呈现了他们，
不要忘了：与此同时，
外面，冬日已经来临。

[1] 格里高尔，卡夫卡小说《变形记》的主人公。

入夏

夏雨的到来让巴士车窗
　泪流满面。
父亲家前的那片草地
　小花繁盛
仿佛玛塔・丽萨[1]的欢乐
突然散布开来，填满
　整个房子。
老樱树唯有一枝生机焕发，
枝中汁液饱满
直叫这树忘掉了它的腐烂
　树干。

顶部，那旧树桩——表里不一——
慢慢沉入绿中，
直直地淹没在蒲公英的海洋里。

何处是埃及[2]

在塔尔图一侧维尔杨第湖谦卑地驻足。
没有船夫，没有烈日，没有美人，没有排场。
到处是鹳鸟在电线杆的顶端忙个不停。

（男人解开缆绳从这个世界漂过，你说，
但他们无法抗拒标致的女人，
她们改造语言、声音。）

[1] 玛塔・丽萨，诗人的小女儿。

[2] 原诗标题为“Not Egypt”，与诗人讨论时他指出，该诗创作源于一首爱沙尼亚经典童谣的片段：“To the way,to the way,to where Egypt is”．故改译为“何处是埃及”。

一只雄鹳飞入巢中，嘴里衔着小虫或稻草。

（选自《诗歌月刊》2019 年第 2 期）

彭飞 《家 · 三》 水彩画 41cm × 31cm 2014 年

推荐

熊焱推荐诗人：朱永富

朱永富是一个安静、低调的青年诗人，一如他的诗，沉潜、内敛，有一种风平浪静下暗流汹涌的澎湃之力。在组诗《水的尽头相遇大河》中，语言干净简洁，字字有力，准确而劲道，不带半点泥水。初读《肖像》一诗，首句“后来的事，就交给相框”，一下就将我抓住。一口气读到结尾：“所谓慈祥，就是经历很多年 / 一地褪色的底片 / 纵横着沟壑和山脉”，我心里隐隐一颤。短短几行，以死亡后的遗像入笔，揭示了漫长起伏的生命意韵。

他善于在寥寥数语间，勾勒出空灵、开阔的意境，高天厚土，近水远山，像一幅国画的写意留白。他是古意的，有宁静淡泊的情怀和心境；他也是现代的，有现实纠缠的眷恋和伤疼。他以内敛、冷静的笔触，从山水中彰显性情，从天地间观照生命。树下亲热的少年、黄昏时的饮酒、风中的过往回忆、午时的白日梦……这些大地上的山水、人世里的生活场景，全在他的叙述和抒情中，一点点地呈现真切、旷远的生命感知，以及拥天地于心的襟怀。而这，恰恰是我看好他的最重要的原因。

除了在此推荐的这组诗，我还读过他的诸多作品，就他的写作来说，我认为他还可以再缓慢一些，可以再减去一些多余的枝蔓，尤其是对主题的开拓上，还可以再深入一些，再力透纸背一些。我相信，“80 后”的朱永富，会以他的耕耘收获一个美好的诗歌未来。

水的尽头相遇大河

/ 朱永富

朱永富，1984年出生，贵州纳雍人。贵州省作协会员。诗作见《诗刊》《草堂》《星星》《诗林》《诗潮》《山花》等多家刊物。出版诗集《稻草人》。

肖像

后来的事，就交给相框

天冷，骨头凉
我们在门前数流水

我们在抹玻璃上的尘土
抹了尘土之后

所谓慈祥，就是经历很多年
一地褪色的底片
纵横着沟壑和山脉

目击者

他们穿过花圃
拐到冬青树下

左顾右盼
像一对机灵的小松鼠

我用朝气蓬勃赞美他们
并用五月刚探出头的
苗圃里举着露珠的花骨朵接过之前的赞美

他们还那么小，小到单纯
他们牵手了
又迅疾分开，星星尴尬了一会儿
月亮成了偷窥的小学生

西湖

我有足够的时间想流水
一路抒情
想心里，涌上来，又摁下去的部分
感性，柔软，没有棱角的一生

想流水的脚，万千和千万
舟行碧波，荡漾着一颗春心

倒影是流水的孤独
一舟，一篷，一篙木

桥洞善于吸纳
流水善于吞吐

烈日当头，人世需要阴凉的话题
雷峰塔走后，又涌来小孤山

黄昏饮酒

一曲未完，西斜的落日像一只琉璃盏
杯中抒情
强作的新赋又添三两滴

推杯换盏和豪气干云
此时只取酒的意思

我说过，群山在上，大地是空空的怀抱
我在山顶喊娘。群山
都成了无人认领的孩子

风跑了一阵，停了

跑是小跑，迎面的花枝撞个满怀
流水化开来

这让我想起我的故乡
炊烟一幕薄绸
犁铧奔跑在泥土中
王大伯又背着青草粪，从小桥经过

文字赶考的夜晚
所有的乡愁都是细软

午时记梦

竹篙已用旧，却能

倒赶一匹蓝天走向的流水
如果镜头放慢，倒也像当年的李白
从三峡走到武汉
不同的是那河流只是通途，流水也枉然
木船顺着水流爬坡
那陡峭，多次规避出人世的平坦
水的尽头相遇大河
那么多水，舟行碧波，我告诫自己
时间是公元前某年某日
只身奔赴于
集镇或乡场。回望来时的路，多穿行于
山洟和黑暗
想到回程时的恐惧，被电话吵醒
八月的午后，南柯一梦
阳光一片大白

乌篷船

笔墨寡淡，无意描摹
那种回归
流水之后，江湖停着泊字

烟雨长廊，拱檐雕花
石级有极无极
若时光绵长弯曲

我们绑架了流水
我们又迁就了流水

时光之前，流水之后

斑驳的竹篾顶舱，高挑的红灯笼
刚刚拐了个弯

每个人眼里都有一条富春江

长皴撵山，短皴赶水
枯润墨法
打湿前朝涉水的鞋子

取山千层，而留余莽；取树之
异同，尽染成林
在人心之旷达处留白
远古一墨
风吹旧物，一樵，一渔，一白帆

每个人眼里都有一条富春江
山川应横着看
流水宜竖着读

每一个节气，都远来是客
借一把古壶
取水冲茶，相拥一幅断代的长卷。而后

"远山长，云山乱……"

（选自《草堂》2019年第5期）

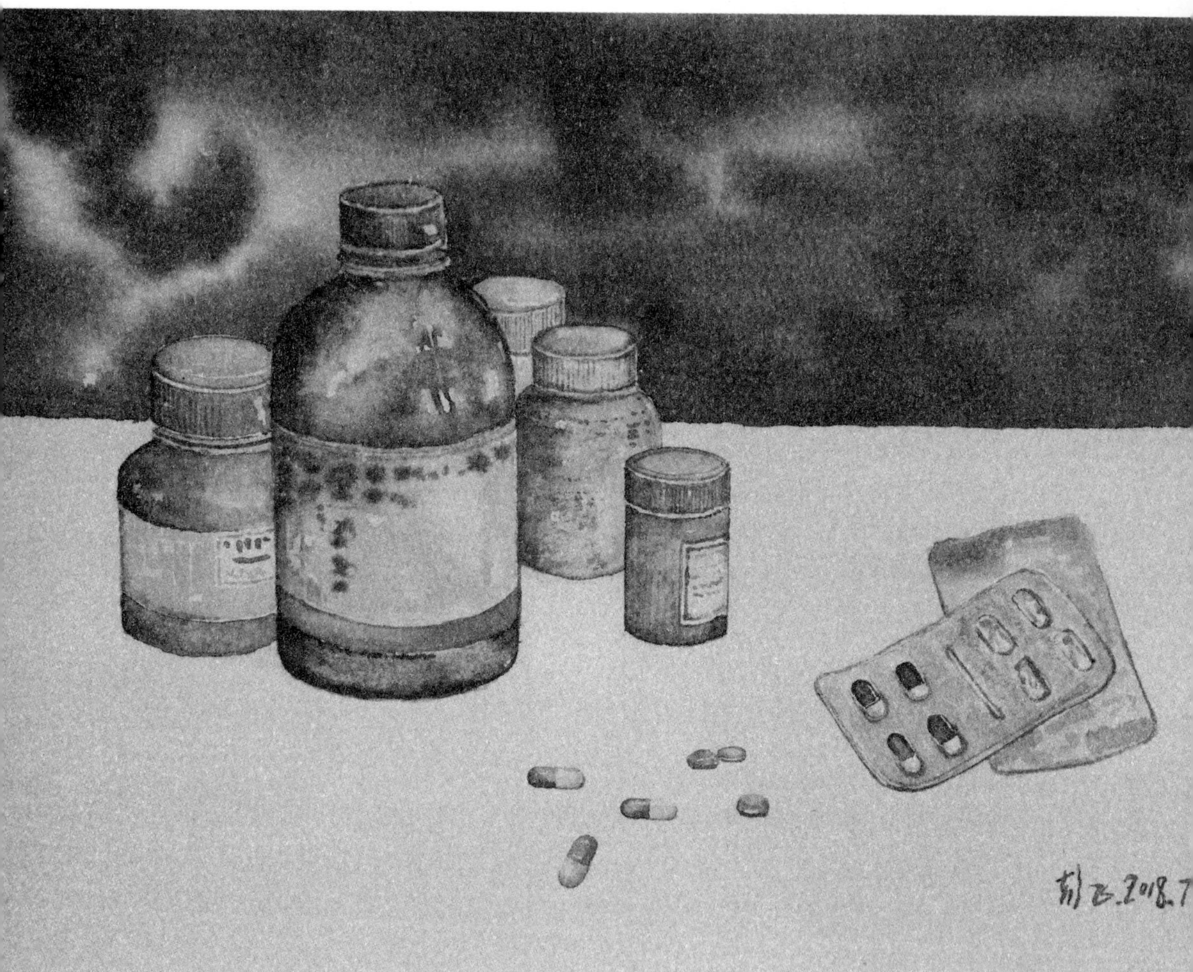

彭飞 《家 · 八》 水彩画 41cm × 31cm 2018 年

中国诗歌网作品精选

苦槠树

/ 路云

以爷爷为标准，父亲回应树的年龄，
你爷爷的爷爷说他小时候看着这树时，
也是这般大，三人合围差两拃，
苦槠树在推测与悬疑中找不出变化。
它越过记忆的边界，成为树和神的结合体，
你照例成为丈量的标准变成满爷爷，
接着说树身就这般大，两年结一次果，
果子比土李子还大比核桃当然小，
掉进上西塘的声音，能揪住人的耳朵，
比扔一颗同等大小的石头更清脆，
比眼波中的一丝欢乐更确切，
水花更小，比梦之队的任何一个好手，
更懂得跳的奥秘。站在岸边，
不会把手掌想象成阔大的叶片，
但双手在千里之外，被一阵山风吹动时，
你会立刻想起捡苦栗子的欢乐。
这时，苦槠树就会以树神的名义，
取消时间地点的限制，取消苦槠的
称名，取代链条般的爷爷，
自动成为一个标准，拒绝你修改，
当你不再掰着指头，它就不再以你为前提。
长长的睫毛小过针叶，偶尔掉下一根，
即便落在想象中，也不会留下影子，
但它会躲在某根草茎上，眨眼睛，
凡看见的，怎么都归于故乡的版图？
故乡以满天星星为果，更多也更明亮，
将脖颈的限度取消，但为何限制你，
沿着凹损的塘塝走向那棵苦槠树？
通向树的小路被绵羊刺野竹蔓和枯草霸满，

它们以主人的名义告知，砍刀插在硬柴堆中，
生疏的刀法敞露在尖刺严厉的目光之下，
几道血痕证明，你的双手比不上爷爷，
他无数次，齐斩斩，斫出路面所必需的空间，
这些在你眼中曾是必然的部分。
如同这棵树，必然与故土连成一体，
作为宇宙牌钟表上的一根秒针，
代替你的手指，测算出树种比人种更古老，
如果你抬头、仰望，它必助你完成一跃，
瞥见神，它斫出的完美空间藏在时间的影子中，
与发条无关，难道与这般大的算法也无关？

空白地带

/ 蓝夜河汉

夜光划出空白地带，并没有
任其荒凉，只是未明确种些什么
静寂莫名侵蚀，想去澄清岁月
的误解，那些曾命令我的流亡
还未出现，久未归家仅是一种唤醒
符合心灵史教程，以及命定变数的严苛
松针上的尘沙，在云层，在遗忘处
总会保持清澈的光彩，顿悟喷出
水的射线，让呼吸做出抉择
偶尔停下来的旋律，绕梁三日
始终不离天边月，云隙试图开窗
画出极简地缘，使光清晰起来
清洗悬浮尘世，和寂寥的蔷薇
一个人占据一块空地，同声音交谈
等候逝者的出现。群鸟开始低飞
荡开万物晦暗，像暖风吹来
艾略特的荒原。末日在何处

哪里是断面，一切自今天开始
雨丝、叶蔓一并收拢
围观者聚在天上，废弃了之前的预判

如果不是那只鸟

/ 张随

如果不是那只鸟，从更广阔的世界飞来
划一道漂亮的弧线，下降，收翅
像一个平稳的句点落在那里仿佛一下子
占据了世界的顶点；像先知凝练而神秘的语言
传达上帝的旨意，语气平淡——

晦暗而稀落的雨，保持了适当的距离
鸟与我之间存在着美的无限可能性
也就是说，已在窗后久久站立的我
曾经因鸟的缺席长时间徒劳无功。
如果不是那只灰色的鸟，我也不会注意到
在七八百米距离处弃置的三脚架，
尽管钢铁与周围丛生的荒草格格不入
尽管风吹来，草柔软地伏倒又立起，
那锈迹斑斓的金属倔强地不为所动。

如果不是那只不知名的鸟，我不会
为自己找到合适的位置。
下午的时光又细又长，我站在窗前
任凭体内的某些器官慢慢地弯曲、弯曲
那力量迫使我低下头再弯下腰去，
我抵抗，努力站起，并将自己从窗口扔出
像将一团垃圾扔进世界

如果不是那只鸟，突然闯来，“啾——”

我也不会听到自己体内这一声鸟鸣，
它犹如一声集合的号令，上帝和我
迅速各自归位到三脚架的另外两端，
体内的力量立刻折断，消散
（或者一秒前体内的声响不是鸟鸣，而是
一根木棍干脆的折断？）
这时候鸟依旧保持沉默，保持
与我和上帝同等的距离
倔强的钢铁在雨中闪现出晦暗的光……

归途

／予飞

深秋，一群健壮的牛走在马路上
它们身上画着红叉
在此之前，我从不知道
这是条通往屠宰场的道路
寂寥蜂针般来袭，一群牛背负着
整个天地间的孤独走啊走
很多年了，它们总是毫无防备地闯入我的归途
让我羞于谈收获和驯服
让我一次次在人潮中醒来

母语

／草树

从北卡罗纳州机场
我转机去休斯敦
一个布满皱纹的“空奶”
对着我叽里呱啦

我和她仿佛隔着

一道看不见的玻璃墙
惶恐之时，她竟粗暴地
把我的行李箱拖到机舱外

我想起国内的空姐
微笑美丽而微甜
我这才骤然感到母语
有着母亲般的关怀

到达休斯敦已近傍晚
得克萨斯州的上空
挂着一轮圆月：脆薄，昏黄
像一剂已经退热的膏药

卖头发的母亲

/ 西浔

收头发的男人说
母亲的发质不好，顶多给二百块
母亲不愿意，开始和男的争论价格
她要求再多给一百
那刚好够我高中时一个月的生活费

作为儿子，我十分清楚
母亲的发质确实不好
因为她七天才洗一次头
那样就可以省更多的洗发水
如果你是一个城里的女人
你肯定不会理解我的母亲
你不会理解一个乡下女人
为了省钱和挣钱会“脏”到什么程度
而代表女性特征的长头发

在乡下，在母亲那里
它不具备任何性别指示
更不具有美的含义
它只是一个源头，一个经济的源头
它就像一条丰富的河流一样
源源不断地为贫困的家庭带来收益

母亲要求收头发的男人
把她的头发剪得再短一点
剩下的头发越短，被剪去的头发就越长
而换取的价格就越高
买头发的男人拿着剪子
一把就把母亲留了一年多的头发剪了去
母亲突然间看起来就像个男人
而这确实又是她另外一个角色
父亲在外打工时母亲也曾是我的父亲

等到下一个春天的时候
母亲的头上就重新长出了长长的头发
母亲又可以把她的头发再次卖掉
母亲的头发就像地里的韭菜和庄稼
一茬又一茬的
而母亲的身体就是故乡的那片土地
我们就这样源源不断地
从母亲的身体里汲取养分
直到母亲变得和她的母亲一样
安静地成为土地的一部分
成为我们的故乡

琴断口

/ 车延高

不去考证那把古琴损坏的程度
只问，有没有人想去修复它
琴断口不仅是过去的地名
它有强调的口吻，在等一句对白
断过的弦可以在断过的地方接上
是啊，知音死了，还有那么多人要活
灵巧的指头为什么不劝劝生锈的心
水流向前，生者不该被昨天伤害
一个亡魂也不该让你拒绝活着的人
泪突然间醒的，从楚国的眼眶落下
月湖盛满夜的沉重，月影梳理野草
伯牙、子期就坐在记忆守护的坟上
灵魂洁净，两袖清风
真正的符号夷为平地，尘埃
覆盖一切
现在空和有是相逢一笑的剑与鞘
两颗心的想念缔约，废除了距离
琴断口，你的流水有韵
述说一柄古琴摔出的佳话
听话听音，我知道今天一定比昨天重要
弯腰，我把时间扶起
去古琴台拨弦，听高山流水

蟋蟀在歌唱

/ 江离

当最后几片薄暮褪尽
蟋蟀开始了歌唱
先是我童年的瓦片下，带着

早晨永久牌清亮的音色
然后，是在废弃的冷轧钢厂歌唱
蛛网将它的声音凝结在历史亦真亦幻的露珠中
它在高架下歌唱，上面
厌倦了应酬而急着回家的尾灯
画出了红色的弧线
它在我们时代致良知的困扰中歌唱
也在没有任何保险的穷人屋檐下歌唱
安抚着夜半婴儿求奶的哭声
它在墓地歌唱，在来不及清扫的战场上歌唱
那里，相互搏命的敌人拥抱着倒在一起
城镇的灯火，像悬浮的岛屿
远处，风中浮动着蛙鸣和秋虫声
交织起另一片灯火，托管了听觉的迷宫
在夜的穹顶下，它们唱着，一棵棵树
像一众塔林，庄严、肃穆，在一片梵音声中

丁酉年登山偶遇放蜂人

/ 俞昌雄

蜜蜂有自己的道路，不同于崖壁上的
瀑布，也不像瞄准器里的白鹇
它们飞得很低，低到翅膀的反光
几乎陷入草木的呼吸
放蜂人比山里任何一棵植物都要来得
安静。这让我感到害怕
每当成百上千的蜜蜂飞离蜂箱
他也随即变轻，轻到不需要肉身
只留下明亮的轮廓
可是，正是那样一片飘移的光影
让我觉察到了什么才是山水的静穆
什么才是浮云的根

放蜂人走走停停，忽远忽近
从微微发烫的晌午到倾斜的黄昏
他一直都在那里，在山涧迂回的地方
在飞鸟的侧影里
他比泉眼空阔，又小于林间的风
蜜蜂逐一飞回，赶在天黑之际
密密麻麻的翅膀携着那巨大的嗡嗡声
整块山地如此沉重而斑驳
放蜂人把自己浓缩为一盏孤灯
牢牢地，安插在那颤栗而不朽的黑暗里

致

/ 华清

世间的万象中最适合你的比喻
是一座行走的旧房子。你的房间对于我
是如此熟悉，珍宝和灰尘
藏在哪里，我一清二楚，哪里有
温暖的炉火，安谧的密实，可疑而
拥挤的角落，你我都心照不宣
哪怕你一点点地颓圮，一点点残破
对于我，都是想死的温暖与高度
我必须相依为命的另一半，我的
有一点纷乱，有一点蒙尘，有一点
恩怨纠结的旧房子……你走来走去
步伐不再灵敏，节奏渐渐不再轻盈
却成为我毕生最后的
唯一想安享终老的旧房子

漂木河

/ 黑女

这是一条大河，饮马，洗靴子，
喂养鸟鸣。漂木在上游是绿光的游戏
中游，法则和护身
把下游变成一场等待

靴子和林子是另外的空，我们用风声
腾出一部分，容纳积叶和大雪
世界的嬉戏从裸睡的根部开始
因为了解，我们互为声音

——我们互为内部，就像日头在树中
词在祖国中，不乏保守和激进的翻滚
头顶上的天，是天命、天道、天意
落到地上是天赋、天才

脚步声在林子里像空手套
问候最早的鸟鸣
漂木沉重，滑行却轻盈如呢喃
他丈量它们，用单音词脱去枝叶

一天护林人开始讲童话：
是的，我把漂木河移到天上
失去了它的汛期……他把灯光译成月光：
认识有，总是困难得多

爸爸

/ 泉子

爸爸在离开故乡前

再一次来到你的墓前，
和你说说话。
这个看上去有些木讷的人，
越来越敏感而细腻，
他越来越耽于回忆，
也越来越愿意
去讲述你曾经的好，
包括一些之前
在你面前羞于说出的话，
并叹息于
自从你走后，
他的记忆力急遽地下降。
他说，他最担心的
是有一天再见到你时
已把你忘记。

故土

/ 杨键

当可以凋谢的时候，
我还是个孩子。
在古老而金黄的枫树林里，
我十五十三岁的样子。
像河水上温和的微光，
伴着镇河的小兽，
天心楼空阔的钟声。

冬日吴大海观巢湖

/ 叶丹

那次在渔村吴大海，我学会了
两样本领：倾听和惋惜。

山路的曲折仿佛在提醒我们
可能来到了语言的边陲，
湖湾像一张弓，蓄满了拓荒者
投身渔业的激情。远远地，
耳道之中就被倾注了波浪
投掷过来的数不清的白刃。

向南望去，视线穿过树枝之网
落入湖面，树条摇曳，不知
是因寒风而生的颤栗还是
因为夜巡的矮星霸占了鸟窝。
所以通往湖边的小径满是枯枝，
踩得作响，像壁炉里柴火的
爆裂声。“枯枝，轮回的抵押物。”
响声持久，和祈祷一般古旧。

“无论你对沙滩的误解有多深，
都不会削减波浪的天真。”
湖底仿佛有个磨坊，浪托举着
不竭的泡沫，像个女巨人
翻开她的经卷，续写每个
何其相似的瞬间。“镶钻的浪花，
是一种离别时专用的语言，
仿佛告别是它唯一的使命。”

最后，暮色混入了愉快的交谈，
我们起身时，注意到了星辰
隐秘的主人，发髻散乱的稻草人
独自回到石砌小屋，饮下
一次追忆之前，他指挥群星升起，
他并不打算将口诀教授予我，
直到我寄身山水的执着赛过湖水

亿万次没有观众的表演。

石鼓回信

/ 独孤长沙

潜之兄，落花时节，又是一番肝肠寸断
崂山归来，除了砍柴浇地
我并未练就真正的穿墙之术
甚至胸口碎大石，也不会了
接连三个月的细雨，被浪费成一条河流
望气者、拿云者、垂钓者、投江者在此云集
整个下午，他们都在练习忧愁，表演深沉
临江草木葳蕤，不觉已是盛夏
但潜之兄，千万莫要问起前程
自早年乡试落第，我便不再读书
终日在庭院种葱蒜，写菊花，炖杂鱼
如若盘缠充足，我想去趟省城，研习岐黄
罢了！逸仙，树人或早有此想
近来泛舟于三峡，得见一女子
其父嫌我粗鄙，常做虎豹状、鹰隼状
终不得近身，为之奈何？
去日苦多，来日更是不甚唏嘘
王宝盖远走江浙后，雁城已如空巢
芒种过后是夏至，不知山中岁月几何
盼归。向知秋兄带好

肢解那头鹿

/ 朱涛

整个旅程这对情侣不说一句话
女的看风景
男的盯着手机

偶尔他们的手会触碰一起
但旋即闪开
像触了电

女人与男人
要锻造多少群山才能做到如此隔绝

小时候常有秃了毛的山羊问我的年龄
我总是胡编
“我十八或者三十五岁啦”
他们会说“孩子你该学数学了”
或者“快去医院吧”

幸好，在旅途的拐角
一头鹿出现了
所有的眼睛逃出车厢奔赴旷野
仿佛要肢解那新鲜如水蜜桃的麋鹿

夜行

/ 舒丹丹

像只铁甲虫，汽车在迷蒙的城际公路穿行
一个无法剥离的混沌世界
塞着耳机，听一个沧桑的男声唱着
“关住你的忧郁之鸟，你仰望的星光正在降临”

一曲歌诗就能唤来一场漫天秋雨
我们如此信赖，这看似虚无的
精神的魔力，像执着于
某些难以飘散的旧心情

假如这也是不可抗拒的人生——

田地里拔过三次仍不能除根的草
就该让它自由生长，遵从那神秘的意志
哪怕一株不结实的稗子？
那么多不可思议的事已在这生命里发生
弥补已不可能，遗忘，也不可能
苦厄让心灵变得多么不知所措
仿佛一只先从内部碎裂的枯石榴……

还有什么能对抗人生的厌倦？
在这荒凉的夜的旅途
月亮走，我也走
竭力保持最后一点天真

长江大桥上贴满寻人启事

/ 张小榛

长江大桥上贴满寻人启事，在某个雾气弥漫的下午
我们路过那里。只有无家可归的天使用叹息
轻轻地读它们。它们的纸张都已经泛黄，
就像脚下淌过的水，漂着油渍、菜叶与灰尘。

你看，她就停在那张纸翘起来的角上，
轻盈如翅膀透明的飞虫。

多奇妙呢？现在我们找不到她。
我们为雨水开道，为雷电分路，融化北方数百万年的冬季，
放出南风使大地沉寂。我们一吩咐生长，万物就生长。
我们在钢铁里播种意念，用导线牵引地极，
借此窥探硫黄的家乡、死荫的幽谷。
我们现在能把人送到气球般的月亮上去。
但我们依旧找不到她。

但我们依旧饮用那水，雾气中昏黄的水，
一边举杯，一边告诉自己现在
她或许已经到了阳逻，正骑在黑色的大漩流背上
准备伴着清晨的歌声凯旋；
又或许到了南京，把宽阔的水面误认成一片海……
我们笑着喝尽杯中之物，拉着手互相鼓劲、互相打气：
明天就是新的一天了，我们必找到她，因为众生灵都在
用听不见的叹息为我们祷告。

我们多么害怕我们将要找到她

弃物

/ 于坚

我不常到此　仿佛死者垂下的手　你不能再握
堆着弃物　旧盒子　过期杂志　二十年前的布娃娃
外祖母的黑箱子　有些东西我们永远不敢遗弃
含义不明　下不定决心　留给下一代的冒失鬼去扔
他们也不敢　于是留下来　成为一个禁区在楼梯下面
在从前某人的小房间　屋后　阳光不管的一角
发现了一棵小树　在黄昏　已经长到膝盖高　哪儿来的种子
从旧相册里　那位怀孕的褪色妇女？　叫不出名字
还有什么没有种下？　绿茸茸的卷发上满是小耳朵
在向我炫耀着年轻　生机勃勃和幽暗的青春——
我不常来此　那台旧钢琴暗哑多年　会弹的人走开时
忘记了合上盖子

常常在出神的一刻

/ 施茂盛

常常在出神的一刻我意识到一种大限
像要从现实的版图获得通幽的曲径

我怕生命被无辜接受，辜负了每一寸春光
又怕这春光终将暗淡下来，如入尘埃
现在，每根枝条如有所需般饱蘸阳光
宽阔的叶子带着思虑的色泽如期抵达
湖面自我律动，受节制而露出边界
似乎昨日一夜烟花已然令它有所慰藉
或许一切都要经受一种伟大的情感教育
才会在它那里得以重现。在它那里
神的结构被赋予更多值得称颂的人格
下降的坪坡因它而加深蒙昧的草色
上方那根气柱也在它加持下螺旋状自转着
在这座公园，我见过散步者跨进晚霞
用回忆缓解自己，留待那时的春风眷顾
他几乎与我如出一辙，受岁月恩惠
而所谓的时光也正刚刚完成它的功课

评论与随笔

一种古老的成熟——论现代汉诗的句法

/ 赵飞

现代汉诗为普通读者所诟病的一个原因是，没有古典诗法所传诵的千古佳句。这当然是一种偏见：以古典诗歌为参照系来评价新诗，是后来者不得不承受的尴尬，这源于某种辉煌传统的阴影式遮蔽。再者，废名说过，古诗是诗的语言，散文的内容；新诗是散文的语言，诗的内容。这句话把语言的形式与内容分裂开来，有其历史局限性，古诗大多还是诗的内容，新诗有诗性语言，只不过这种诗性语言看起来被某些口语诗的肤浅掩盖了。所幸诗人们不会忘记兰波的狠劲：拧断语法的脖子，达到出奇制胜的效果。现代诗人无法再像古典诗人那样在统一的形式秩序内转动语言的万花筒，比如用固定的对仗句：昔闻洞庭水，今上岳阳楼。吴楚东南坼，乾坤日夜浮。又如用李商隐的缠绕句：荷叶生时春恨生，荷叶枯时秋恨成。深知身在情长在，怅望江头江水声。现代汉诗即便在十四行诗的框架内，也得求助新的句法用同时代的语言来完成其洞察。不能说口语必定是粗糙的，但未经提炼的口语必定是粗糙的。口语也有巧妙的句法，句法不是在口语或书面语的维度来谈论，而是在诗句本身的结构上来讨论，自有雅俗、佳陋之分。

现代汉诗的佳作往往蕴含着深刻的句法，但批评家没有跟上来。现代汉诗在百年的历程中已经奉献几代优秀诗人和语言大师，他们卓异的句法训练出对诗歌语言的自觉，释放出新汉语的势能，分别成就了他们的诗歌生命。现代汉语诗歌的句法在于组织词语与词语之间的关系，更深层的动力则来自于诗人如何处理语言与心智的关系，属于“无法之法”。当代几位重要诗人确实写出了让人惊叹的诗句，而且拥有属于自身的标识性风格，譬如海子，在他那些看似东一榔头西一棒子、天马行空的灵性写作——也因此常常被人视为青春写作的依据——中，在句法的显微镜下就能看到谨严的组织与结构。本文将借助诗人海子、张枣、路云、臧棣的部分诗作进行研究，揭示他们是如何以独特的句法来融汇生命体验、传导发声方式的。这将有助于读者深入诗人的匠艺，同时明了，诗歌语言究竟是怎样一种发明，它会如何照亮我们习焉不察的未知未觉情状，这种情状，正如阿伦特所言："陈词滥调、日常语言和循规蹈矩有一种众所周知的把我们隔离于现实的作用，即隔离于所有事件和事实由于其存在而使我们思考它们的要求。"[1]

需要指出的是，我们的句法研究从诗歌的整体生命入手，这既是对把诗歌研究做成语言学研究的规避，也是对某些诗歌写作的反拨：即便是为了追求佳句，以一个亮点取胜，诗歌写作也不能死于句下。一首诗最重要的是获得它的生命力，依靠一种连绵的气韵、支撑句梁的结构，气场在结构中萦绕而出。通过句法，我们可以反观一个诗人写诗的运行机制。萨福说，句法乃欲望的延宕。对诗句结构运筹帷幄的种种法度，对这法度的追求并渴望在其中创造新的言说形式，这本身即可激活生命力，拓宽汉语诗歌写作的可能性。

海子：守住野花的手掌和秘密

诗法不同于文法。诗歌的句法已具有多个维度，不限于"僧敲月下门"的锻字炼意。从传统诗论中的诗话词话到当代中国或海外，对中国古典诗歌的句法研究已源远流长[2]。在《唐诗的句法、用字与意象》中，高友工引用了唐纳德·戴维讨论的三种句法理论：独立性句法，以 T.E. 休姆为代表，视句法为非诗性因素，诗句多由意象语言构成，节奏特点是不连续；动作性句法，以费诺罗萨为代表，视句法为运动，力的转移；统一性句法，以苏珊·朗格为代表，视句法为"统一的、包罗万象的节奏技巧"，注重结构方式、语言链条的规模与变化。[3] 这里我们研究现代汉语诗歌的句法主要以第三种理论为主。句法乃用法，用法即意义，用张枣一句有趣的诗来注解即："太监照常耳语，用漂亮的句法说没有的事。"漂亮的句法高端、极致，催生意义。这一句法理论的统一性特征使其抽象为"无法之法"，但我认为有一个总体原则——随物赋形，因而它总是向诗人要求一种发明。最能典型地体现这一原则的诗人是海子，他的语言直觉无限释放了句法的魅力。

爱怀疑和爱飞翔的是鸟，淹没一切的是海水
你的主人却是青草，住在自己细小的腰上，守住野花的手掌和秘密。

这是《亚洲铜》的第二个小节。海子的诗句并不依靠所谓“语言变形”来抵达陌生化，譬如有论者所谓“新诗短语变异修辞”，诸如在跨义类组合、虚实相生的抽象与具象组合、天人合一中的物的人格化或人的物性化，等等[4]。对于创造性的写作而言，这些技巧落实到句法之中容易僵化，削弱诗句鲜活的生命力。毫无疑问，海子的诗句看起来清晰、单纯，蕴含着奇思妙想。这些诗句别具一格的魅力在哪里？从思维来说，是诗人的异想天开。然而思维终究是语言的思维，思到深处必自明。所以我们理应从句法来研究诗人对奇思妙想的结构，或者说，他们是如何“结构”出这些奇思妙想的。由句法来实现语言的可能性，这是现代汉语诗歌中异常重要的问题。

海子的《亚洲铜》是一首黄钟大吕之作，它磅礴、大气，在漫长的时空湍流中，仿佛有一种来自天上的鼓声激荡人心。这首诗的句法有一种瀑布的势力，尤其是我们所引的第二节，词语奔沓而来，节奏连绵。一、二句是两个并列的判断句，其不容置疑的语气像轻盈的翅膀扶摇直上，到第三句，在半空中忽然用一个“却”字打了个漩涡，跳起了漂亮的舞蹈：用“住在”和“守住”这两个动词展示出来。在这里，海子用神来之笔隐喻式地描绘了一个舞姿。在这五个句子中，起连接作用的是五个状态性动词：“是”“是”“却是”“住在”“守住”，它们本身趋于静态的延续，但连接起来为什么有如此动态的效果？因为词语本身在这个句法中获得了加速度，我们阅读时甚至不需要换气。这种让词语不断提速的句法且命名为“奔走句”，这是海子最常用的句法，因其快速、优美，令人感觉一气呵成、不事雕琢，所以海子的诗歌充满青春活力。再看第二首《阿尔的太阳》这一片段：

到南方去
到南方去
你的血液里没有情人和春天
没有月亮
面包甚至都不够

朋友更少
只有一群苦痛的孩子，吞噬一切。
（《阿尔的太阳》）

“你的血液里没有情人和春天”，海子用这个天才的句子揭示了凡·高悲壮的艺术生命。这个片段也是“奔走句”：否定的强度随着连接词的推进越来越大，节奏越来越急促，达到“吞噬一切”的激烈后，“瘦哥哥凡·高，凡·高啊”这一高音的喷涌便如此震撼，“喷出多余的活命的时间”。至此，这首诗又该如何推进呢？海子稳稳地给出了一个刹车片：“其实，你的一只眼睛就可以照亮世界”。更奇妙的是，由转折词——但——启动了一个急转弯：“但你还要使用第三只眼，阿尔的太阳”，接下来的诗段便围绕着“阿尔的太阳”这一核心旋转：

但你还要使用第三只眼，阿尔的太阳
把星空烧成粗糙的河流
把土地烧得旋转。
举起黄色的痉挛的手，向日葵
邀请一切火中取栗的人
不要再画基督的橄榄园
要画就画橄榄收获
画强暴的一团火
代替天上的老爷子
洗净生命。
红头发的哥哥，喝完苦艾酒
你就开始点这把火吧
烧吧。

这个诗段是螺旋结构，可分三句（海子原文无标点符号，为了分析这里标识三个句号），旋到顶点“烧吧”。“把星空烧成粗糙的河流 / 把土地烧得旋转”，这就是海子的特有句法：不顾一切的燃烧的艺术生命凝聚在两个独一无二的词语（也是事物）中：星空和土地，创造出神奇的艺术力量。只有一个对艺术挚爱的、狂热的、彻底奉献的诗人才能理解凡·高，才能写出这样的诗句——在最高的意义上，语言与生命是对等的。

海子的《坛子》也是绝佳的句法例证。这首诗写得奇妙，海子所写的坛子究竟是什么？有人说是古老文化的凝聚体，有人说是诗歌之器，还有人说这是一首性爱之诗，坛子等同于女人的子宫，诗歌与生命孕育有关。这些都有道理，我所要做的是，用句法来观察海子写这首诗的运行机制。

这就是我张开手指所要叙说的事
那洞窟不会在今夜关闭。明天夜晚也不会关闭
额头披满钟声的
土地
一只坛子

海子的诗歌基本只在诗行内使用标点符号，行末几乎不用标点，所以我们根据语意来确定其句子。《坛子》共三节，这是第一节。这一节的句法可称同位句法。同位句法采用对等原则。对于诗题——坛子——显现出来的具象性形象，海子开宗明义地写道：这就是我张开手指所要叙说的事（另一版本：这就是我张开手指所要叙说的故事）。海子似乎向我们强调：坛子非器，道也；一开始就把坛子引向了语言与生命的对等关系。接下来这种诗意的对等关系弥散得更开阔。那是不会关闭的洞窟，是额头披满钟声的土地，是一只坛子——毫无疑问，我所写的这一句散文语言对诗歌语言的转译使诗意大打折扣，海子的句法所营构的那种神秘被收束在一个魔法瓶中，有一种磁石般的吸引力，并在第三节徐徐释放：

这就是 | 我所要 | 叙说的事
我对你 | 这黑色盛水的身体 | 并非 | 没有话说
敬意 | 由此 | 开始，接触 | 由此 | 开始
这一只 | 坛子，| 我的土地之上
从野兽 | 演变 | 而来的
秘密的脚，| 在我自己 | 尝试的 | 锁链之中
正好 | 我把嘴唇 | 埋在坛子里，| 河流

糊住 | 四壁，| 一棵 | 又一棵
栗树 | 像伤疤 | 在周围 | 隐隐出现
而女人 | 似的 | 故乡，双双 | 从水底 | 浮上，询问 | 生育 | 之事
（《坛子》）

在这节诗中，句法与韵律相互渗透，创造出“兴”的原始意落。这不同于宣叙调，诗句在抑扬中绵延、柔软，每一诗行由三个或三个以上的音组组成，读起来有宛转的旋律、繁复的波折音和可意会的内在节律。路云曾就这首诗进行策兰式的句法改写：

黑色
盛满水的身体
这一只坛子

我把嘴唇埋在坛子里
河流粘住四壁

一棵棵栗树
隐现
女人
生下伤疤

仿策兰的独立性句法简洁、明了，节奏急促，如鼓点，趋于单调，更倾向于清晰地呈现出画面感，仿若这只坛子上绘着古老生殖的图画，句法与隐喻的关系更明显：坛子与女人的身体构成隐喻。在海子的原诗中句法诉诸温情的对话，一种秘密的亲密的话语蕴含着动作性的缠绵，被词语与词语的律动代替。一方面韵律与语用建构了统一的句法，另一方面句法也推动了韵律与语用。

可见，海子的句法源于“鲜花”，即他的言说方式在于破译出生命本身的节奏，并顺应它形成自己疾呼式的句法特征，这样的句法更接近人们对天才的描述。

张枣：比如登上一株松木梯子

张枣是迄今为止最精致地运用现代汉语写诗的诗人，他为现代汉诗提供了诸多典范文本，研究他的句法将为我们带来诸多启示。第一个典范文本当然是《镜中》：

1 只要想起一生中后悔的事
2 梅花便落了下来
3 比如看她游泳到河的另一岸
4 比如登上一株松木梯子
5 危险的事固然美丽
6 不如看她骑马归来
7 面颊温暖
8 羞惭。低下头，回答着皇帝
9 一面镜子永远等候她
10 让她坐到镜中常坐的地方
11 望着窗外，只要想起一生中后悔的事
12 梅花便落满了南山

也许我们会觉得，《镜中》呈现的即兴之感是灵感的赐予，对之做句法分析等于用解剖学的比例来机械地分割一个美人的浑然天成。然而从这首诗初稿的照片中，可以看到张枣修改的痕迹，它表明我们所看到的作品在句法上是可追究的。原稿中的“比如游泳到河的另一岸”最后改为“比如看她游泳到河的另一岸”，这里增加了一个关键的动作词“看她”，便加强了全诗对隐匿主体的确立，它呼应了起笔的“想起”，使诗歌的立体维度更加清晰。这个“看她”也是从原稿第四句移上来的，张枣把“比如看见比雪片更遥远的眼睛”这一句改成了“比如登上一株松木梯子”。在语言结构上，“登上一株松木梯子”呼应上一句的“游泳到河的另一岸”。这使我们可以辨认“看她”的一连串动作：游泳、登上梯子、骑马归来、低头、回答等等，但 3、4 句以虚词“比如”并列，显然是诗人坚持的语感，他没有为了“看她登上一株松木梯子”而放弃对这一虚词的感觉，古诗常常省略表句法关系的虚词，现代汉诗却用虚词传递微妙的语感。重复这两个虚词的分量更大于重复“看她”这一实词，这便是句法结构带来的诗意，用一个虚词来统领两个实词宾语（“比如看她……看她”）不如两个虚词并列（“比如看她……比如”）更能加重沉吟感，且与第 6 句的“不如”构成声音的连贯性，但在层次上却是迂回前进，凹凸有致。到第 11 句，诗人在原稿上再次加上起笔的“只要”这一不容置疑的绝对语气，构成一个圆形结构。整首诗都被控制在关联词内，句法上如圆周线一样滑旋。这种滑旋句法是张枣最擅长的，也是他诗歌中最漂亮的艺术感。其他典型如《跟茨维塔伊娃的对话》（以下简称《对话》）。作为现代汉语诗歌中的经典之作，这首十四行组诗在句法上有诸多精妙处，我们一一领略，首先来看《对话 8》。这一首也有一个滑翔式的圆周结构，它的词语与音韵获得了完美的匹配：声音如电流，词语在磁场中和谐共振。

> 你的住址名叫不可能的可能——
> 你轻轻说着这些，当我祈愿
> 在晨风中送你到你焚烧的家门：
> 词，不是物，这点必须搞清楚，
> 因而首先得生活有趣的生活，
> 像此刻——木兰花盎然独立，倾诉，
> 警报解除，如情人的发丝飘落。

这段引诗是一个漫长的复合句，它充分彰显了张枣化用欧式句法的高明。句法丰盈而缠绕，从句由“当”引出，表明“你轻轻说着这些”与“我祈愿送你到你焚烧的家门”两个动作是并列的，“我”的动作虽来自“祈愿”，是幻象，却在句法上让动作获得了并列与延续的可能，仿佛使“我”有时间说出冒号后那一长串的诗学争辩，使这个对话的“此刻”拥有了最饱满的喷薄力量，也使张枣“词，不是物……首先得生活有趣的生活”这一诗学声明获得了极富感性魅力的说服力。这种复杂的句法是诗人缜密心智的体现，它印证了瓦雷里关于诗歌与数学等同的说法，诗的思维与数学的思维一样复杂、高深、精妙。且看《对话 12》的一段引诗：

> 九月，果真会有一场告别？

你的目光，摆设某个新室内：
小铜像这样，转椅那样，落叶，
这清凉宇宙的女友，无畏：
对吗，对吗？睫毛的合唱追问，
此刻各自的位置，真的对吗？

这里由两个冒号造成了双层套叠重句，每一冒号的结构又有差异，前者是一种支配力，仿佛目光拥有指派物件的神力；后者是一种内心语流的涌动，对“各自的位置”的追问把“摆设”这一诗学问题——对词语的安排与秩序的追求——推进到底。进一步说，语流节奏如何恰切呼应词与物的位置是这节诗值得挖掘的结构性暗示。

张枣在句法的创造上喜欢用“诗的推行组合”[5]，类似于卞之琳的“上下钩挑法”，一种诗歌的编织刺绣法，在意义联络与意象照应上前呼后应，大量使用同位语，如“落叶，/ 这清凉宇宙的女友，”（《对话 12》）“他不在此地，这月亮的对应者，”（《对话 10》）“带担架的风景里躺着那总机员，/ 作协的电话空响”“既短暂又字正腔圆的顶头上司，/ 一个句读的哈巴儿”（《对话 7》）。幻化句法也是张枣的拿手好戏，他把幻象写作发展为一种诗歌技法：“幻觉的对位法”，而这一技法是通过幻化句法来实现的。譬如这样一个幻象化的句子：“我睡在凉席上却醒在假石山边。”诗句仿佛呈现了一种变身术，给人这一幻象印象的原因是这个诗句句法上的“现代互文”，以句法成就行动的幻象化，这正是张枣式手法，譬如，“你坐在你散发里，云雀是帽子”（《对话 6》），这个诗句换个说法是“你坐着，披散着头发，戴着饰有云雀的帽子”，但这是散文式的叙述，一种线性传递，描绘了一幅普通的画面，“你坐在你散发里，云雀是帽子”却有着编织的艺术，仿佛情境骤然有了魔力，令人感觉奇峭生动。这种语言织体必然是由词语的互动摩挲孕育出来的，须知张枣在语言的锤炼、句法的锻造上甚至达到了称量一个词语的重量的程度。最后，我们来看这个句子：

人，完蛋了，如果词的传诵，
不像蝴蝶，将花的血脉震悚
（《对话 3》）

这是张枣诗歌中的最高音，也是堪与古典佳句媲美的现代经典，它是强有力的警言，用一个假设性的否定比喻，断喝现代知识分子可能的潜力与无为。两个关键词："词""血脉"，从抽象到实指，喻示从书本到生活，艺术家、知识分子能做什么？类似于此的还有如下句子："火中的一页纸咿呀，飒飒消失，/ 真相之魂夭逃——灰烬即历史。"（《对话 3》）这又是一个天才的句子，在短短两行诗中把多重意蕴揭示出来，一个隐喻性结构道尽历史的扭曲与挣脱感：真相应向何处寻？发人警醒。

张枣的句法源于心中的抱负：发明一种新的帝国汉语。为此，得创造出一架松木梯子——相当于登上汉语温柔敦厚的诗境，故他的句法更具形式感。

路云：为你一双笨拙的脚尖鼓掌

诗人路云认为，新诗写作的症结在于句法的不成熟。如果此处所言成熟的含义不是一种定型化的瓜熟蒂落的果实，而是质地过硬、鲜明、有独创性的现代汉诗句法群林，那么这一看法有其合理性。路云本人即是句法的自觉者和佼佼者。这里，我想以他的代表作《倘使温柔的反光令你低头》（以下简称《反光》）为考察标本。无论是从爱情诗还是从哲理诗的角度来看，这首诗都是杰作。

这首五节八十行的长诗写得酣畅淋漓，从直觉上而言，类似《春江花月夜》这类浑融的、情感捣制性的诗篇，它的语言是非常华丽、现代的，然而在气息上又是古典的。它从感性的爱过渡到了感性的哲学。没错，这个哲学的入口是爱，是本体性的要求："若不经由爱，人们就不能进入真理。"（奥古斯丁）那么《反光》是如何做到的呢？正如人们经验事实性的爱一样，诗歌通过层层叠叠的复沓、千回百转的蜿蜒然后一气呵成，这首诗便创造了这种奇妙的感觉，它的句法无疑是呈现这种感觉的直接手段。我想，这是一种把中国传统的独立性句法嵌入西方叙述核心技术圆浑句当中的结晶体，以下简称浑融句。

"浑融句是西方语言所特有的复句结构，也是古典诗歌格律中一个格律单位概念。作为语法概念，浑融句包含有数个在长短分量等方面比例协调的从句；作为格律概念，它是两个休止之间的格律单位。"这种句式的主要特点是穿插、复沓，"在说明状态、处境、情景等方面能面面俱到"[6]，有一种综合效能，所有从句如同半径围绕着圆心发射出去，连贯起来又覆盖成扇面或圆面，从句与主句之间以显明关系为纽带，这与中国传统诗性中的独立性句法相距较远，后者更强调隐性的意会关系，因而句子大都短小精悍，就算句与句之间存在明显的关系，出现标志性的句法关系词，基本也是平行或延续关系，如杜甫的“星垂平野阔，月涌大江流。名岂文章著，官应老病休”，星与月直接从自然空间渗入心理空间，这种句法取消了时间，不同于西方诗歌中的逻辑句法。现代汉语诗歌如何在已渗透了逻辑性的现代性中传承这种“事物自然呈露”的汉语性，的确是值得期待的努力方向。下面我们来看《反光》开篇这个片段：

一只蝴蝶，用翅尖行走，
穿越我的梦境，恍若人生
只是一条缝隙，通向初衷的
各个切面。杂食并非多情，
沉默并非如一，我在晕眩中，
微光闪烁，恍若阵阵颤栗，
把肉身切割。每一个切面
都迎向清冽，暗夜璀璨，
众多的我涌现，如此模糊。

这个片段共三个句号，每个句子相互联缀。第一个句子是虚实对位，中间以“恍若”作句法连接，尽管如此，我们仍不能以逻辑分析而只能意会蝴蝶穿越梦境与人生像一条缝隙通向各个切面的内在关联。人生是一只蝴蝶衔接着“庄生晓梦迷蝴蝶”这一诗性哲学的美妙与浪漫。这个起笔的句法传统是中国的，是充满强烈诗性的。第二个句子开始呼应第一个句子，也变得复杂。主语是“我”，在此之前有两个并置的从句，但显然它们暗示性修饰的不是“我”，而是谓语“在晕眩中”及后面的种种感觉：从句中的否定性修辞是为了肯定晕眩中的巨大力量。就整体而言，这个片段可以说即是浑融句，两个“恍若”句法并置，第三句把它们融汇，进一步推进。

她们都曾背弃我，在半夜

咳个不停，匆匆的步点，
倏忽不见，茫然亦非黑暗，
你在枯黄中撵不走一只蝴蝶。

这个浑融的长句显现路云强大的转换能力：把人性的深刻领悟转换成具体的细节，比如“咳个不停”，同时又能凌波即景，将宏大的场景还原到虚空状态，通过人称变换来贴近叙述的速度，过渡到“你”，独自成句并集合前三句的语言势能，转换为动态而释放出诗的巨大能量。也许，它发自一种深深的幽暗与孤零，一种内在自我的多个面向，这令我们想起但丁《神曲》开篇即言：

方吾生之半路，
恍余处乎幽林，
失正轨而迷误。
（钱稻孙译）

在路云的诗中，这一人生中途的背景并非“黑暗”，而是“枯黄”，将读者的目光从茫然中拉出来，聚焦于一只“撵不走的蝴蝶”。也许，那只蝴蝶是一片斑斓的落叶吧，如鲁迅的腊叶，是灼灼的明眸，“不即与群叶一同飘散罢”（鲁迅《腊叶》），便不会“背弃我”。我们无法肯定路云在写这句诗的时候是否想到了鲁迅的腊叶，但诗歌语言在精神的长河中遥相呼应的奇迹令我们惊叹，这是怎样一种暗合传承的意义！鲁迅曾在爱中把自己比作那片将坠的病叶，极其隐晦地写出自己对爱的“忧虑”：“将坠的病叶的斑斓，似乎也只能在极短时中相对，更何况是葱郁的呢。”相对鲁迅的“散文诗”，路云的诗语更像是隐语中的隐语了：

倘使温柔的反光令你低头，
一丝苍翠掏空枯绝，我怎能
驱尽更高的绿色动力？

“反光”“苍翠”“枯绝”“绿色动力”，倘若我们把这些词语放在《腊叶》的语境中，或更大的自然界中，关于爱的感性的哲学便一目了然了：“Nothing in the world is single;/All things by a law divine/In one spirit meet and mingle.（万物由于自然律 / 都必融汇于一种精神。）"[7] 无怪乎诗人的用词仿佛都是从天地间信手拈来，“爱”作为一种“绿色动力”，转换出从枯绝到苍翠的能量。然而，诗人确信吗？有哪一种哲学是迄今为止已提供确切答案而不令人疑惑的？假使如此，苏格拉底就会在“认识你自己”中沉默，康德也不必再开授“人是什么”的讲座课程。哲学，即便在存在与思维的关系中已趋于一极，沉入“一种纯然沉思的快乐或一种守静的愉悦”，哪怕现代政治哲学的主题，也已经发展到“不是城邦或者城邦之政治，而是哲学与政治的关系”[8]，也仍然无法摆脱生命细致入微的体验与品味。诗性哲学就更需要幽微的生命体验了，所以，让诗歌回到“在”：

我仍在肇音中盘旋，挥霍。
屏住的声息中獠牙在织布，
风华初上，青筋低鸣，
一个剪断的线头中孤魂在抽搐。

“仍在”，意味着这一体验的长久沉醉。“肇音”，肇始之音。诗人是站在世界的开端处聆听到了诗，把他引至这一入口的难道不是爱？与生命枯绝相对的是挥霍、奢侈，是心惊肉跳、青筋低鸣，是难以抑制的声息。可以发现，当我们在句法研究这一显微镜下对诗人的用词一一聚焦，它们恍若在一个舞池中随着诗歌的生命节奏悠悠舞动着，所有词语在统一的语境中相互共振、暗递秋波，它们落在恰如其分的位置上，溅出的水花与波纹传递着意义辐射的方向和范围，因而，每一诗行、每一个词都微妙地布控着诗意的推进与演变。“在”，一种强烈的沉醉——然而，我们不得不意识到，“一种完全的纯粹愉悦，是根本不存在的。幸福，作为灵魂与肉体的一种坚实而稳定的状态，对于尘世中的人们来说，是不可思议的。匮乏越大，不快乐越大，快乐就越强烈。”[9]——“孤魂在抽搐”。孤魂是什么？是渴望爱的旷野里的游魂，一个灰黑的影。于是，接下来的这一节诗就如同鬼语：

你在冷汗中瞥见银河幽暗，
高处，另有一个源头，
水的智慧，岂是低处一只盐罐！

倘使仅仅赞美温柔的咆哮和苦涩，
大地之上岂有翅尖的轻盈和高远？
向上！向上！而我仍在秋水的
波光上，练习奔跑，雨滴在舞蹈，
火加入其间，调匀了呼吸，
为你一双笨拙的脚尖鼓掌。

这只盐罐包含着温柔的咆哮和苦涩，象征着人生安稳的一面，人生安稳的一面是有着永恒的意味的[10]，生活之爱也可引领永恒，但生命仍有飞扬、有高远，倘若仅仅是静若止水的安稳，也是人心的激昂无法承受的。这一片段的后四行用浑融句写出了一个自然宏大的场面，它就像月光的舞会，波光奔腾，雨滴踢踏。“我”“雨滴”“火”，三者各以三个平行的独立句法即不一样的动词确立自身，在哗然一体中收束于一个点：一双笨拙的脚尖。这一转换也是如我们前面分析过的还原到虚空状态，释放抽象的能量。人究竟为什么渴望生命的激情？什么能燃起生命的熊熊烈焰，不断开创可能性？这就回到了那个古老的问题：人是什么？人希望什么？诗人用最感官的方式提出他的哲学问题，也用最诗意的方式回答了引诗的问题。我想答案就是：为你一双笨拙的脚尖鼓掌。这首先来自生命深处的呼应和认同，所以可以不顾忌“笨拙”：“个体此生的最高目标就是他配得上得到那种在此世中得不到的至福。”[11] 在这一终极关注中，“配得上”比“得到”更重要。经此一审察、辨明、确证，爱的行动才有其庄严的坦率与勇往直前的欣悦：“我迎向你，碧波摇漾。”自此，第三节的诗行皆是沉醉的欢欣，是光明的激情，整个世界都在血液的节奏中：

肉身嘹亮，照见我的喘息深处，
潜伏着你初夜里拧紧的发条，
我滴答着吻向深秋一只寒蝉。
她窃走了水的灵魂，火的激情，
但她泄露的风声令人欣悉。
幽深的牙齿腾着细浪，恍若
拔节声低鸣，倘使微风无法卷走

羞色，火热的灵魂赦免一切，
凉风赦免我。情欲复燃，
绿色的眼睛绽露深情，
我迷上滴水的美德和你的
小酒窝。这芬芳的宫殿，
美如初衷，我颤悠着，
欢饮那薄如蝉翼的鸩血。
大地深处一颗躺着的獠牙，
扭动腰肢，如犁铧烂漫。

这是“燃烧的肉体”吧，六个句子仿佛出自一个漫长的气息，第二、三句稍作回旋，略有转折和后退，但都是为了更进一步的确证：确证欣悉、确证赦免。“危险的事固然美丽 / 不如看她骑马归来，面颊温暖，/ 羞惭……”（张枣《镜中》）。对于张枣，一切美丽似乎只是“望着窗外，看她”，似乎只是镜像，只是一个幻美的遗憾，然而在路云的《反光》中，没有“不如”，只有“勇往者，酡颜未改”。危险的美，就是令人“欢饮那薄如蝉翼的鸩血”。正因此，这一节诗的肉感，在现代汉诗中达到了无以复加的程度。我们可以回顾一下此前的一些肉感的诗，如张枣的《跟茨维塔伊娃的对话 8》：

东方既白，经典的一幕正收场：
俩知音一左一右，亦人亦鬼，
谈心的橘子荡漾着言说的芬芳，
深处是爱，恬静和肉体的玫瑰。

又如郑单衣的《凤儿》：

哦，有多少珠帘在这时幽闭
又有多少怨尤，在弄着一件单衣
夜和夜，如此不同。但凤儿的房间里
一种气息却熟悉另一种气息。这多像

满满一篮鲜梨，心怀柔玉，一只

又一只，我为她剥下果皮。就像她对我
重复一席温存的话语
但所有的话语都只是一句。在今夜
梨儿走遍周身。爱，展开
火红之躯，又在我心中布下了风雨。

再如朱朱的《寄北》：

那里，我脱下那沾满灰尘的外套后
赤裸着，被投放到另一场荡涤，
亲吻和欢爱，如同一簇长满
现实的尖刺并携带风疹的荨麻
跳动在火焰之中；我们消耗着
空气，并且只要有空气就足够了。
每一次，你就是那洗濯我的火苗，
而我就是那件传说中的火浣衫

可以看到，这几首诗都有一个共同的主题：爱。但，与郑单衣和朱朱的诗歌沉湎于肉感不同的是，张枣与路云的诗有另一个维度：一种抽象的肉感，“存在经验的哲学思维”[12]。张枣诗歌醉心于知音之乐，他把这一灵魂的契合等同于爱，自我与他者的伸展将冲破外在介质的藩篱。路云诗歌提出了“爱的赦免”这一关乎原罪的欲求救赎，即，爱是对欠缺（匮乏）的弥补。欠缺，无疑是此生的恶，病痛、枯绝、萎缩、死亡，这些都是生存中的“獠牙”，倘使没有爱来亲抚生命，那只有面临如此这般的粗暴与贫乏：“兽行更简洁，血色更透明 / 何以肌肉更萎缩，而我的胆怯 / 日益凋落。”无论何时，也许我们应该记住维特根斯坦的忠告：“一切伟大的艺术里面都有一头野兽：被驯服。”但也许，唯有爱可以驯服诗人吧。

她赞美我的到来，但剪断了胎气，

从此风在我的体内学会呼吸。
她簇拥我撵走那只鸣蝉，但撵不走
一只蝴蝶，从此风变成翅膀。

这两个句子就像“风旗”收纳了“风”一样起伏波动。没有爱的驯服，或许便只有野性的横冲直撞与狂妄不羁。

她窃走全部的腥咸，是为着
把沙砾倾入灵魂，炼出蜜。
回忆研磨出的绿意，是你的爱，
细小的火焰在水中发出阵阵窃笑，
我如何把狂野的风再次拧入水中，
宁静是绿色的。

这段引诗是神奇的，它把灵魂与肉体之爱的同一在语言中发扬到了极致：倾入与研磨，道亦器，器亦道。第二个句子堪称现代汉诗中浑融句的完美典范：每一诗行皆为一独立句法，整个句子是一完整的前呼后应：“……绿意，是你的爱”“宁静是绿色的”。中间两行充分叙述爱的状态：火焰窃笑、狂野的风，与“宁静”对位。把这个句子单独抽出，它就像一首现代汉诗的绝句，结构上起承转合，以第一行为主题，第二行扩展，第三行上升中有疑问语气的下降，第四行在转位中合拢，因而又是一个无连词的多层次复合句。“狂野的风”在爱的“柔性的水”中，才有宁静与和美。但诗人沉醉而非麻醉，虽然在诗歌第三节欢饮鸩血中一度出现幻觉：“大地深处一颗躺着的獠牙，/ 扭动腰肢，如犁铧烂漫。”他始终警醒于那一颗“獠牙”，正因为这种警醒与自省，爱的救赎才是可能的。“獠牙并非初衷，谁忽视她的存在，/ 谁就会在苍白中窒息，”陈先发在《写碑之心》中曾道破：“宽恕即是他者的监狱，而 / 救赎不过是对自我的反讽。”对此，有论者精当地阐明：“问题的核心也许在于，这‘宽恕’对于需要被宽恕的主体来说，是否具有改变现实的力量。……实际上，不存在不被审判的宽恕。”[13] 借助这句话，我们也将明了，为什么《反光》这首诗的结尾是这两行诗：“我试着把一颗獠牙播种在枯黄深处，/ 幸运岂是一种轻逸？”必定有更沉重的担当来“宽恕”爱的幸运，这是不是更难以察觉与接受的关于爱的哲学，不然，诗人也只是“试着”？就此，我们发现这首诗的句法无懈可击，一个词语激荡起另一个词语，仿若海浪追赶着海浪，形成了语言摇曳多姿的美。恰如汪曾祺所言：“语言的美不在一个一个句子，而在句与句之间的关系。包世臣论王羲之字，看来参差不齐，但如老翁携带幼孙，顾盼有情，痛痒相关。好的语言正当如此。语言像树，枝干内部汁液流转，一枝摇，百枝摇。”[14]

除了《反光》，路云的诗作《热血如翡》《我如此浑浊》《归复归复》《焊工》都有相通的语境与句法，他们来自于同一心灵纬度，也是他浸入母语文化当中潜心运用本族智慧的成果。“我们的魂灵中，有一只小鸟在不倦地飞行。”这一日夜萦绕心头的影像与旋律几乎可以作为他诗歌创作的题记，他把自己创造为一个文化生命、一个凝聚体，才能涌现气息渊雅的句法。在他的短诗中，则是将此气息化为闪电，切入事件的内核，直指人心，其句法急促，有如雷击，如《悲哀位于震中》：

悲哀位于震中。
它被埋在时间的深处，
一座博物馆并不能把地球塑造成母亲的
雕像。
母亲和地球都是一团血肉。
埋在地球深处的是母亲，
埋在母亲深处的是一个在余震中奔跑的
孩子。

海子、张枣所创造的句法分别对应其各自的攀岩，苦心孤诣，为世人留下卓绝的足迹。路云的创造与他们有一致的内在自觉，不同的是，路云所采用的跃升方式，在某种程度上规避了风险，他始终居于生命内部，所以他的句法既能在绘声绘色中宕出，又能在娓娓道来中展开，气韵充沛而又绵延。

臧棣：以浩淼为邻

臧棣无疑是中国当代诗歌的一个奇迹。他的写作最奇妙的是，用一种飞翔的写作运动，成就了诗歌语言的散文化姿态，其结果，写诗对他有一种类似体育锻炼的效果。他曾将新诗写作看成是一个“特殊的语言竞技场”。他的句法是“恶狠狠”的：“将诗的风格的面纱掀开之后，对句子好一点的最佳方式就是对句子狠一点。”[15]这种狠是要把铁锻炼成不锈钢，结果，钢比铁更亲近我们的日常生活。“世界并不总摆在我们面前，所以，很多时候，事关如何激发感受力。”臧棣致力于用语言来激发被日常钝化的感受力，为此，他几乎做着孤注一掷的努力：把语言周身翻遍，用语言的想象力来发明语言。在炼金术式的实验中，臧棣已经在诗歌写作中找到了他的发声方式，焕发出“现代汉语和诗歌语言之间的独特气质”。他用特制的语言喇叭演绎出源源不断的风格诗。尽管臧棣追求变动不居的风格，但他诗歌语言的散文化风格似乎是一种底色，他的句法敞露这种秘密。他的散文化显然和三四十年代朱自清、艾青等人的诗的散文化截然不同。朱自清的诗歌散文化道路是从音律的角度来谈论，艾青则是从口语的角度：“我说的诗的散文美，说的就是口语美。”[16]他们都延续了胡适“作诗如作文”的主张，提倡散文的自然朴实，废除诗歌写作的“雕琢与华丽”这类镣铐。其结果是，他们写出的诗在句法上都是平平实实的，而臧棣的散文化句法恰恰是繁复、雕琢、虚拟化的，是处心积虑的策略之弓，用他自己的话说，即“散文化是新诗的大计，是新诗在其语言实践中必须经历的审美洗礼。”[17]

臧棣诗歌中有些句法是易于辨认的，正如胡续冬指出的，“臧棣诗歌中一种独特的柔韧而诡辩的语式”在其个人风格史上踞有重要的位置，“这种有效地征用虚词（尤其是语气词和连接词）使其发挥比实词更加重要的作用的现象几乎是后来臧棣诗歌的标签”。臧棣“运用智性的语言对事物进行反复‘拉抻’的技能”也促成了一种屡见不鲜的风格化修辞，它们在效果上表现为“轻逸的视觉形象”，胡续冬称之为“虚词的魔述”和“实词的手术”这两个策略。“臧棣对虚词的使用已经自成体系，那种巧妙地利用连接词、语气易词、程度副词、疑问词、否定词作为结构和意义装置之中灵活的滑轮的技艺在当代诗歌中相当引人注目。”[18]这些都无须赘述，这种借助虚词反复辩、推论、诘问、否定、臆测的逻辑句法本身并不特别，只是臧棣在他无限宽广的题材中把它做到了极致，变成了一种“想象的逻辑”。——这是与张枣所致力的“汉语性”相反的路径，张枣曾坦言：“但我的汉语性虽准确，却太单薄，我的方法往往都是靠削减可用的语汇来进行的，因而题材还太窄，有些技术如幽默、反讽、坚硬一直未敢重用。现在我想试试这些走向，《跟茨维塔伊娃的对话》开了一个好头。”[19] 张枣也曾考虑把二者融汇起来，譬如他自称最满意的组诗《云》第二首即是一种实践：

一片叶。这宇宙的舌头伸进
窗口，引来街尾的一片森林。
德国的晴天，洛可可的拱门，
你燕子似的元音贯穿它们。

你只要说出树，树就会
闪现在对面，无论你坐在哪儿。
但树会憋住满腔的绿意，
如果谁一边站起，一边说，

“多，就是少？未必如此。
我喜欢不多不少。”口吻慵倦。
这时，蝉的锁攫住婉鸣的浓荫，
如止痛片，淡忘之月悬在白昼。

放在本文的语境中来阅读这首诗，几乎是对臧棣的诗学辩诘，它既给出了诗歌文本，又在文本中亮出了诗学意向。第一节的句法富于古典的“汉语性”，没有分析和演绎，句法和隐喻都经过了严密的压缩，事物在其中自然呈露，然而某种语言与宇宙的神秘气息渗透着，仿佛犹太教神秘哲学关于造物是神性语言的文本这一教谕的味道。第二节对这一味道进行了稠密的辨析：“你只要说出树，树就会 / 闪现在对面”，其句法是典型的充分条件句，西化十足，四行诗一共用了四项逻辑虚词：“只要……就”“无论”“但”“如果”，充满繁复而纠缠不休的辨析。第三节中和了前二者，从分析、争辩与表白中再次回到事物与宁静的“淡忘（忘我）”中，止住了某种被质疑的焦虑之痛。对于臧棣的诗歌写作，陈超曾将之描述为“少就是多”[20]。张枣在此处的辨析“我喜欢不多不少”恰似一种语言与生命同构的诗学宣谕。臧棣，在写过那么多充满“语言的欢乐”的作品，如《月亮》《蝶恋花》，经过那么强烈的写作的欢娱后，近阶段的写作回到了他的精神意识当中。

从“努力想从当代汉语中演绎出古典语言的韵味和气质”[21]，到放肆运用普通语言、散文化语言、虚词、“变性”实词，如史蒂文斯所言，用内在的语言暴力去抵御外在的语言暴力，臧棣已经稳定地能够用虚拟句法来催生感受中的世界，其结果是，这个原本如此的世界呈现为风格诧异的世界。他不再仅仅是借助于虚词，而是把散文化的逻辑句法推进到想象的逻辑，这种虚拟句法很难为我们留下具象、实在的情境，或者说我们熟悉的情境。在臧棣那里，我们很难读到像朱朱的《早晨》一诗中那样观察入微、细致写实的句子，在他最可能用实在的笔触进行场景描摹的一首长诗《在埃德加·斯诺墓前》，他的句法是这样的：

群山升起，夕光成长为一棵树
亮媚的枝桠转瞬间被纷纷折断，进入收藏
夜色迅速降临：缺少顿号，也没有边角
它染黑了拍岸的浪花，以及浪花

在我们心中所溅起的某种情感

他这样描写墓碑这块石头：

一块石头，一个世界上最强硬的句号
准确地点在我们的大地上
它的朴素是方，它的高傲则是圆
几乎和蒙娜丽莎的微笑所蕴含的秘密一样

它的顶部，像沙发的扶手
我们会必不可免地经常触及
用低垂的手指。

在这首写于八十年代末的诗中，他的句法还是很“正常”的，然而里面已孕育着“虚”的元素。在《维拉的女友》中，他这样叙述一个饭局：

在临近长安街的
一座快餐馆，她坐在无靠背的、
像青瓷菜盘一样的椅子里，
热衷于头绪如麻的自我剖析。
我思忖着她可能会爱吃的东西，
一走神，却瞥见了神明的食谱。
从我放在餐桌上的烟盒里，
像收税似的，她抽走一支红塔山。
她用来吸烟的手过于可爱
像窖藏过的白菜心，并拒绝拿起
一双木筷

但也许是意识到这样具体、平铺直叙的踏踏实实的句法并不“奇妙”，比起朱朱的“工笔画”，这里的描述称不上“刻画”，臧棣什么时候也不会忘了他的“写意”，“一走神，却瞥见了神明的食谱。”仿佛近视的眼睛更适宜思忖与内省而非观察，臧棣，最终让自己的诗歌走向一个“一个总的主题”，“就是省察一个人与他的精神生活之间的关系。它渴望建立的是一种与自言自语截然不同的自我对话。有时是反讽的，但更多的是内省的”。所以，他近乎连篇累牍地写同一主题系列，丛书系列、协会系列、未名湖系列、入门系列，因而，他的句法已逐渐趋于虚拟句法，这种虚拟句法以精神的想象力和博大的心智为支撑，不是说它是向未知的领域或事物探溯，那是对象的虚构——小说的虚构也能探索未知对象然而句法仍然可以是普通的——而是在对已知的现实或记忆的开掘中，他的虚拟句法总是刷新我们对已知的感觉，或发现已知中的另一维度，换言之，这是诗歌语言本体的虚构，相当于摄影、电影、网络为我们创造的虚拟世界，它翻新的是幽邃自我，或者说，它让阅读者检验自我，对于那些无法深入思考或想象的人群，臧棣的句法给人带来飞跃的体验，那或许是领略，也可能是智慧。

《纪念柳原白莲丛书》是纪念主题的诗，是一位诗人倾慕另一位从未谋面的异国诗人，它更多基于文本记忆，对纪念对象的了解来自作品和传记，因此借引和植入了原作的话语和意象。这意味着诗人必须用语言来熔铸他的阅读意识。臧棣把它们处理得出神入化，因为很快我们就会从关注柳原白莲的传奇回到诗句本身的传奇，他劳作的姿态和句法令我们着迷。

身边已足够辽阔。
十五岁第一次结婚。比青春还左。
二十六岁又嫁给煤炭大王。比金钱更右。
但是，左和右都把你想错了。
三十七岁春风把你吹到牛奶的舞蹈中，
做母亲意味着家里有一口大钟，
挂得比镜子的鼻尖还高。

这里的每一诗行都给人出奇制胜的愉悦感。相比于日常口语，它的词语搭配看起来都是一种虚构，而它们最终发明的确是一种意识的更新。臧棣让一种本可能矫情的虚拟句法显示出行云流水的特质，他已完全规避了它们可能的危险：生硬、轻薄、散文化的粗鄙，而使其焕发出纯洁、敏感、高贵的品质，他的句法如此自由、灵动，因为它们只有想象逻辑而不受限于其他逻辑，掌握了这一能力所以他可以"生产""浩淼"的诗歌。"让语言来决定想象"[22]，就仿佛语言是想象的器官，它的视角会让我们"惊奇"：

你曾向秋天的风中扔去一块石头。
那意味着什么？你帮助语言在身体那里
找到一个窍门。对盛开的梅花说
只有细雨才能听得懂的话。而最重要的话，
如你表明的那样，只有讲出来
才会成为最深邃的秘密。

与其说这是对柳原白莲的赞颂，不如说是诗人自己对诗歌语言的领悟。"只有讲出来"才能葆守对生命的忠实，否则只会被涂上遗忘厚厚的黑暗膜层。当臧棣相信诗可以抵御人的愚蠢的时候，他当然深谙，你永远无法叫醒一个装睡的人，你也永远不能指望一个拒绝思考的人拥有良知。所以，重要的永远是，"诗的语言是这样一种语言：它必须激活伟大的暗示"[23]。而暗示是怎样的？用虚构的句法来写真实的存在。在臧棣处理“真实的瞬间”时，他的虚拟句法对现实的勘探与洞察已精准得令人看不出它们的“虚构”：

九条狗分别出现在街头和街角，
大街上的政治看上去空荡荡的。冷在练习更冷。

八只喜鹊沿河边放飞它们自己的黑白风筝，
你被从里面系紧了，如果那不是绳索，

那还能是什么？七辆出租车驶过阅读即谋杀。
所以最惊人的，肯定不是只留下了六具尸体。

身旁，五只口袋提着生活的秘密，
里面装着的草莓像文盲也有过可爱的时候。

四条河已全部化冻，开始为春天贡献倒影，
但里面的鱼却一个比一个悬念。

三个人从超市的侧门走出来，
两只苹果停止了争论。你怎么知道你皮上的

农药，就比我的少？但我们确实知道，
一条道上，可以不必只有一种黑暗。

（《真实的瞬间丛书》）

这种虚拟句法就像悬疑片的手法，是导演安排的镜头，然而它处处充满窍门与暗示。在《岳阳楼入门》一诗中，臧棣开篇写道：

以浩淼为邻，对称于

天若有情在此地格外任性——
八百里烟波才懒得分左右呢，
且怎么起伏都自有分寸；

“以浩淼为邻”，与《纪念柳原白莲丛书》的起笔“身边已足够辽阔”是相同的句法，这与路云的《反光》开篇“一只蝴蝶，用翅尖行走，/ 穿越我的梦境”显然是不同的句法。臧棣喜欢把形容词活用为动词，这使得他所叙述的事物在意外获得动态的时候又充分享有了形容词抽象的品质；或者把名词用作形容词，同样释放了名词的抽象性质，句法因而呈现出虚拟风格，比如《岳阳楼入门》中这些诗句：

高跷的檐角
从不同方向，生动你有过
一个飞翔的前身；

不论你来时，
季节如何春秋，它都会矗立在
比风景更美丽的江湖中，
因众望所归而博大一个心结。

唯有这水声能酝酿这湖色，
唯有这岸边的唏嘘能醇厚
这仰天的酩酊；远远望去，
一种视野严格着一个领悟。

但这已是呈现在诗歌写作层面的具体技艺，深层的内因却是雄厚的诗学意识，“强大到足以 / 凭自身的意志，回避它的 / 熏染或吞噬。”（《岳阳楼入门》）“柿子挂在明亮的枝头。/ 你发明了看待它们的目光，/ 从太阳的背后，从时间的反面。”（《纪念柳原白莲丛书》）岳阳楼矗立在那里，千百年来它激活了多少鸿篇丽制，现代汉语要怎样才能克服古典的历史与记忆，写出它的巍峨？奇妙的是，臧棣就在它的“元诗视野”中，在他思考现代汉诗应如何应对充满巨大压力的岳阳楼诗学威权挑战中，写出了岳阳楼即诗的浑然一体的大作：“通天柱深谙 / 如何在尘世的压力面前演示 / 我们曾承受过什么；”“但是今天，天生我才怎可能 / 迟钝于水经注，”不得不说，臧棣把现代汉诗的写作推进到了一个新的境界，诗可以既不是言志，也不缘情，也不写感觉，而是“写意”：意识或意志、精神思维，全然在他的句法中呈现出来。眺看、远望、冥想所得的意识，都会被：

组合成心灵的漩涡，紧密如
你即使错过了巍巍昆仑，
它们会旋转着，起伏般将你带向
一种古老的成熟。

被诗人不断刷新的句法即是一种古老的成熟。无论是有着高纯度的诗意结晶的盛唐诗，还是摆脱类型化的抒情并趋于散文化倾向后的中唐诗歌以及偏向说理的宋诗，总有一个语言范式（五言或七言）及结构框架来支撑一首诗的成立，哪怕这是一个“非诗的内容”。今天的人们也仍然在写古体诗，然而，“那只是形式的延续而已”[24]，当我们读到这样一些诗作，就会在感觉上印证废名的判断：它们的内容是散文的。即，今天的古体诗写作更近于词汇组装：“作诗”，在深层次上欠缺诗性。一个根本的原因或许是，古体诗中那种封闭的句法已经无法表达现代社会无边无际的开放式感觉了。

早在五四，胡适的“诗国革命”就建立在语言革命的基础上，他认为文言半死，白话言文合一，而“白话文学的作战，十战之中，已胜了七八仗，现在只剩一座诗的壁垒。”[25] 极端地说，诗歌写作的革新就是句法的革新。用法即意义。现代汉诗随物赋形的句法最大的意义就在于，无法拘泥于固定的句法模式，只能尽可能地拓展各种可能性，一个诗人可以取得一种可以辨认的句法特征，也可以突破这种特征。纵使如西语有所谓“主谓宾定状补”的详尽语法，又纵使如荷尔德林最后阶段的“种核词”写作——把几个关键的字词在纸上依据诗人胸中为其规定的大概位置分散铺开，空白的部分留待将来补写[26]——也大多是依照“心的旋律”（“通过安排与连接圆周句表达心灵事件进程的内在节奏”）[27] 来组织和声关系。因而，必须再一次强调，句法不是修辞，一台计算机也可以组装出令人惊异的修辞，但那会令人无法相信诗。再者，即便组装得无懈可击，也是精致的盆景、假山。诗是四时变幻的巍巍高山，是生命、精神与体温，哪怕只是一个片段，也是一种情节、情结。诗人对句法的领悟与创造，不仅仅是过修辞关，更重要的是越过恐怖的炼狱关，生命、生活的真实处即“恐怖”，到那个分上，诗人会体验到某种灼烧的临界点：不言说，毋宁死。只有活到这个分上，诗人方能从与语言的搏斗中解放出来，句法最终突破语法的限制，成为生命本身的呼吸法则，催生出迥异的诗歌生命。

注释：

[1] [美]阿伦特：《责任与判断》，陈联营译，上海世纪出版集团，2011年，第131页。

[2] 参见孙立平：《中国古典诗歌句法流变史略》，浙江大学出版社2011年。

[3] 参见《唐诗三论》，商务印书馆，2003年，第42-49页。

[4] 段曹林：《新诗短语变异修辞举隅》《浙江树人大学学报》，2005年第4期。

[5] 张枣：《张枣随笔选》，人民文学出版社，2012年，第38页。

[6] 刘皓明：《荷尔德林后期诗歌》（评注卷上），华东师范大学出版社，2009年，第103页。

[7] [英]雪莱：《爱的哲学》，穆旦译，《拜伦雪莱济慈抒情诗精选集》，当代世界出版社2007年，第98页。

[8] [美]阿伦特：《康德政治哲学讲稿》，曹明、苏婉儿译，上海人民出版社，2013年，第37页。

[9] [美]阿伦特：《康德政治哲学讲稿》，曹明、苏婉儿译，上海人民出版社，2013年，第47页。

[10] 张爱玲：《自己的文章》，京华出版社，2006年。

[11] [美]阿伦特：《康德政治哲学讲稿》，曹明、苏婉儿译，上海人民出版社，2013年，第35页。

[12] 刘皓明：《荷尔德林后期诗歌》（评注卷上），华东师范大学出版社，2009年，第70页。

[13] 刘晓萍：《需要更高的关切来进行宽恕——读陈先发长诗〈写碑之心〉》，《上海文化》，2010年第3期。

[14] 汪曾祺：《自报家门》，《作家》1988年第7期。

[15] 臧棣：《骑手和豆浆》，作家出版社，2015年，第357页。

[16] 艾青：《与青年诗人谈诗》，《艾青谈诗》，广州：花城出版社，1982年，第57–70页。

[17] 臧棣：《大忌还是大计：关于新诗的散文化》，《广西文学》，2008年11月。

[18] 胡续冬：《臧棣：金蝉脱壳的艺术》，《作家》，2002年3月。

[19] 张枣语。转引自钟鸣：《诗人的着魔与谶》，宋琳、柏桦编：《亲爱的张枣》，南京：江苏文艺出版社2010年版，第128页。

[20] 陈超：《少就是多：我看到的臧棣》，《作家》，1999年第3期。

[21] 臧棣：《大忌还是大计：关于新诗的散文化》《广西文学》，2008年11月。

[22] 臧棣：《诗道鳟燕》，《骑手和豆浆》作家出版社，2015年，第358页。

[23] 臧棣：《诗道鳟燕》，《骑手和豆浆》作家出版社，2015年，第357页。

[24] 蒋勋：《蒋勋说唐诗》，北京：中信出版社，2012年，第48页。

[25] 胡适：《胡适文集》，北京大学出版社1998年，第155页。

[26] 刘皓明：《荷尔德林后期诗歌（导论）》，华东师范大学出版社，2009年，第109页。

[27] 伏尔泰：《体验与诗》，生活·读书·新知三联书店，2003年，第294页。

（选自《新诗评论》总第二十二期）

于波动中转折

——余笑忠诗歌漫论

/ 夏宏

1

2002 年的暮春一日，武汉市郊吴家山，一场正式的仪式感远远比质地重要的诗歌朗诵会。作为青年诗人，当时更为人知地作为广播电台文艺节目主持人，余笑忠登台朗诵。他言称放弃朗读自己诗作的计划，转而诵读起波兰诗人辛波斯卡的一首诗。在一台新老抒情诗、乡土诗的交响之间，他的朗诵显得突兀，不合时宜，像是一首离谱的插曲，从舞台脚下遥远的异域穿凿而来。

三年后，他在长诗《喘息》的第一节中吟出：

> 应该赞美那雨中的树
> 它顺从，但不屈服
> 它改变了暴雨的节奏，它要兑现
> 在黑暗中立下的誓言
>
> 斧头说：
> 它是树，又叫木

至今读来仍然令人唏嘘，岁月的流逝竟然毫未销蚀其寓言性与现实感。二者之间那种悖论式互补所激发出的穿透力，来自有所迎受的灵肉之身扑闪的光。

2

余笑忠的诗，对事物之间的相触、相交十分敏感和自觉；抑或说，我逐渐聚焦于诗人倔强又耐心地在诗作中所呈现的“介入”。

他写蚯蚓：

“从泥土里被刨出的蚯蚓，它们 / 从未见过世面的肉身 / 暴露出来 // 以其渺小的弹性 / 顶撞碎石、阳光 / 和阳光下它自身的影子”（《告诫》）；

他观落叶：

“湖面结冰了 / 夹在冰层中的一片红叶 / 比在枝头上守着它的时日 / 更卖力 /……/ 北风卷地，一片又一片落叶 / 仿佛争相交换位置 / 以贴近冰层中的 / 那片红叶”（《红叶》）；

他悟命运：

“在我的头顶，启辉器和日光灯 / 有时相互抱怨 / 灯光闪闪烁烁，电流嘶嘶作响 / 我不可如此贬低天意 / 一如既往，我将接受 / 偶然，和命运，一如接受 / 光滑的石头。棱角分明的石头 / 鸡蛋碰到的石头。一锄头挖下去 / 溅出火星的石头”（《天意》）。

怎么读？先绕开对诗歌的社会功用的争议，绕过萨特掷地有声的文学介入说，他颇有分寸地在其介入论之外给诗歌另留一席之地，实则给“诗歌之于介入”留下了阐释空间。在此，介入，取干预之义，意味着主动的施加和被动的受纳、反动之间的相互运动。

从整体上看，余笑忠诗歌中所呈现的介入，有不平则鸣的质感，但又并非狭义的对社会生活不平则鸣式的表态。人人皆会批判现实，尤其在多事之秋、失衡之世，与批判相伴随的伤痛感是时代的鲜明症候，而诗人的批判性有其不同寻常之处。诗，有诗的一道门槛。

介入，它首先体现出诗人观察事物、事态的一种方式，即其诗眼：意义发生于存在者之间此长彼消的对抗运动和不甘于此、不止于此的运动中。

3

其诗中，无物、无人孤立，人事屡见于在紧张的对抗性关系中出场和运行，形成一种压迫感。愈是早期的，给人的紧张感、压迫感愈强。

在显性的素材上可见：人拿开水浇蚂蚁（《启蒙教育》，2001 年），农民宰耕牛（《他们这样屠杀一头耕牛》，2003 年），石头戳破赤脚（《我父亲忍着疼痛一声不吭》，2005 年），劁猪（《每一头猪都有最疼痛的一日》，2006 年），伐木（《诱人的排比句》，2011 年），毁河（《为蕲河作》，2011 年），与父亲在电话中争执（《星期天》，2014 年）；

在或明或暗的题旨上，他喻生活像拧床单（《拧床单》，2011 年），人的深怨如“木板上烂掉的钉子”（《春天的午后》，2011 年），名家对写作者的影响似二手烟（《二手烟受害者》，2011 年）；

够了。

如果单以入世之诗来论，如此这般仅由论者罗列概述出来的并不奇特。生之峻险，命之维艰，关系化的生存中，有存在就有损耗，此境此理人通，即便不是经教化所得的常识，也会是寻常生活历练中的自觉。入世诗要靠“非诗”来成立，其间的社会景象丰富，也往往会勾连起世人经验性的情思与认同感。它蕴含着面向社会生活对普世性的主动追求。所以，它直接流向波澜壮阔的政治、伦理、社会之学，当属顺理成章。对于诗歌，其中的危险性在于它似乎只是事态、情态的映照折射或应激反响，甚至是“影子的影子”，听凭外来的摆布，风吹草动，难以自撑（自我立法）。它面临着“合法性危机”。用不着时过境迁，这危险便会对陷入现实生活图景的诗歌发动反扑；拉长时间来看，可以见到入世诗的某些“遗址”仅留存着作为历史考据资料的价值。

余笑忠的诗不止于此。存在者之间的对抗性关系常常只是其诗的一个缘起，或者说，是其诗意运行的一种挥之不去的背景——

> 光阴含有敌意
> 一首诗，一刹那的光明
> ——《诗》

4

入乎其内，出乎其外。

入，不止被动地落入，陷入以致“久在樊笼里”，还可以一层一层地深入，渐进式地探秘。诗人余笑忠没有停留于由对抗性生存关系而引发的感受、情绪上，他朝向了对“存在者的伤痛”的挖掘，对世道，对人性，也对物性。一个成熟而难得的结果在他的诗歌里屡有展示：将其打通后呈现于诗，以诗意将它们打通。

诗人多着眼于受困、受挫、受损的那一方面，似乎“被侮辱与被损害的”才更有入诗的意义。为何？诗歌，诗人，仅从其能够发声而言，的确具备以有余补不足的修饬功能，仿佛有损的事物在对诗、诗人发出召唤。你看他的“天问”：“难以置信，杀了那么多的鱼 / 为什么没有一条 / 发出哀鸣”（《哑口无言》）。

介入中的对抗，常让人蒙羞、蒙痛，至极处至少可能让人疯狂，“一位八旬老翁在街头跌跌撞撞 / 他可以在腰间胡乱缠一根麻绳”（《丘吉尔与熊十力》）。轻微一些，也会形成情思上的纠缠与郁结，“今天，我厌倦的一切 / 像冬天的深夜里泡在水里的床单 / 我不愿去碰它，又必须 / 独自将它拧干”（《拧床单》）。见人性，亦显人性的包袱。

随之，受损一方的隐忍不仅作为善，而且作为自我修复的力量被诗人彰显出来：乡下父亲被石头戳破赤脚血染泥草，“这么多天了，我父亲在电话中 / 对此一声未吭”（《我父亲忍着疼痛一声不吭》）；无名的受苦者，“你一言不发，紧紧 / 咬着嘴唇 / 仿佛相比之下，你的嘴唇 / 是甜的，可以抵消 / 口中全部的苦”（《长久的缄默》）；以至面对残暴之力压迫时，人们会各自涌动起一种共通的情结，“蚯蚓就一直在我们的喉结里涌动 / 蚯蚓也和我们是同一个部分的”（《告诫》）。隐忍，若非苦痛已经多得令人麻木，那么就是承受者不再直接介入另一方，单方终止了对抗运动，避免损伤循环，留下各个自寻生路的空间。若是“非暴力不合作”，在伦理学、政治学上可谓以善显恶、取善抗恶，取一条和平的路径将内忍来外化，终究是为了消除对抗性。

可是请别忘了，钉进木板经年的那颗钉子，依然会持续地锈烂下去，不管是暴露在目光下，还是暗自。诗人把隐忍呈示出来，意蕴就有些复杂了，在赞美一种德性之外，又有点类似于拔钉子。其实，多年前诗人就开始拔了，“有几枚钉子烂在了木板里 / 这块木板已成朽木 // 要取出钉子的唯一办法 / 是将木板付之一炬 // 但我拒绝火焰粗暴的总结 / 我倾向于倒叙”（《喘息》）。

由此，对抗性关系早就在其诗中有一条向内转的路径，转入到人的自我对抗及其消解上。

5

诗人将一次理发的过程入诗（《理发记》），围绕着不断内化的“盲目的交锋”，意绪流转。

从进门到出门
大约三十分钟
看镜中的自己，前后
不过四回
历来如此：既是他人操刀，听任他人
发落好了

理发，今人周期性的日常琐事，但至少男人一般难免会烦恼此事，至少因为：一、理给别人看。看似主动，实则被动，不得不为了别人、社会的眼光而理，这也是由“他人操刀”；二、要把自己交出去，听凭理发师的安排，“别动，别动”，一种受制于人的过程，你看小孩子更烦理发，更显理发之交锋。

我喜欢偶尔来这里
静一静
永不疲倦的电视机
刚学会本地方言的小理发师
电推子——对一切不予置评的电和铁
这些，都不妨碍闭目养神
小眯了一会儿。有一来电未接
多架飞机滞留，雾中的机场
一老同学，正在那里苦等

不但不烦反而喜欢，“我”能因此偶尔静心。此转折中潜行着反向的意思：“我”在生活里更多的是难以安神。全诗结尾处明显地与此扣应。

理发时为何能暂且静下来呢？人、物都不扰“我”。环境之静，不是说人事不运动环绕了，而是他们各安本分，各行其是，相互之间无扰，比如相互“不予置评”。其实“我”还没有完全静下来，除了有意无意地观察、领受到环境并有所“置评”，还有别的人事于意料之外却又是情理之中地插入此境：来电话了。接，不接，都意味人总是会被拉入到相互勾连中，手机，让那些本可遥远难及的勾连受制变得贴身。烦，不烦，只是因为身外的环境吗？或者说，环境只属身外吗？

来电缘由显然事后才知，但要注意，来电者当时受困于旅途。将此内容在倒叙中插入，就不乏暗示：即便时空交错，我们“男男女女”都可能在同一境遇里。“雾”也是“盲目”的。

此插入犹似音乐演奏中的一个泛音，在偏离中推广了界域。

诗节顺之转入到表述自身、自心的纠结上来：

> 我在很多方面不彻底，理发也一样
> 没有光着头皮的勇气
> 我看到刚擦过的黑皮鞋上
> 落满了头发，毫无疑问
> 那是我的。白的
> 醒目，黑的隐约可见
> 太快了，我在心里对自己说
> 这落在地上的
> 不再是我的
> 冬日，下午的太阳
> 宛如好心肠的僧尼
> 在这里，在他人的手下
> 怒汉也要变得服服帖帖

头发，又称烦恼丝。白发醒目，结合第一节中的照镜子，这里面就有一个暗典，李白的《秋浦歌（其十五）》，原来此为“千古愁”，落于“我”如今的身心。“太快了”，不甘。

什么是“我”生有的，什么在“我”身上衰变，什么会弃“我”而去，被迫放弃的时候反而引发强烈的归属意识，比如对生命中流逝的时间、受损的人格尊严、受制于人而不得的自由，从潜意识里浮现上来，渐失却难舍。

怒汉之怒，乃“自我”受损、自我意志强烈受挫后的表现，它的一个惯常出处就是移迁于他人，极快。同时还有一种隐在的回路：朝向自己，自伤。

“僧尼”一词可以视为此诗的诗眼，与下一节中出现的“盲目”一词相对照。禅门中有“德山棒”“临济喝”公案，以刚烈之举介入，对困扰人的“思”“念”“欲”等诸多包袱截断众流。在很多方面都纠结的“我”，不得不听命于外力而服帖下来，既是领受，亦显领悟。

盲目的交锋可以告一段落
真的，我喜欢
偶尔来这里
静一静
我甚至不厌烦
那些从这里起身，奔艳遇而去的
男男女女

结尾并非总结。它不仅在字面、结构上与前面的诗节构成复沓，而且有明显一转，“我”由狭小的受制的理发空间转到滚滚红尘，似乎心通眼明，冲突暂消。真的放下了吗？不彻底的“我”，还在置评与自我置评之间。诗的回味由此而生。

全诗回望而写，短短半个小时的理发过程，简直浓缩了“我”常年的修行，又像是一次不彻底的剃度受戒。周而复始么？在其表层意思之外，可能还有一深层的蕴意：人夹在入世与出世的意念之间，生烦忧。

自反性，乃个我与社会、社会与自然相互之间的牵制加深从而使冲突加剧的一种征候？只不过是某种“千古愁”的演变？痛苦落于生活、文化、语言中，深深渗透进个体的身心，免不了要考验隐忍者的意志力和打探出路的能力。在日常生活之外写作（非其职业）的诗人，写日常生活内里的得失存弃，犹如一次次地、有节奏地自我剃度。

6

设问与自语是一对亲戚。纳外入内，往里转，不断内推，推到水穷处，不知能否从自我的"樊笼"里转出来。自我对抗且求解，力道外现，辟出理解（再次纳入）异在的通道：

穷途末路，他给领袖写那么多信干什么呢
反过来他也可以质问：后生
你写那么多诗干什么呢
就为因特乃特你的大神?
——《丘吉尔与熊十力》

观察与自省在相互选择。诗人有时很快就放下自我对抗的包袱，在一首之中就转折过来，如《春天的午后》中。有的包袱，要待多年以后在另一首诗中放下来，待到于经年累月的酿造中消化了焦躁与涩苦，且不断地开拓"库容"。排毒，去碍，开眼，融入共在的空间：

越是往后，我越是会想到
这是一棵树，石榴，是它的名字
它在我们的庭院里，没有任何壮举
也不冒犯任何一种别的花，别的果实
——《石榴》

经历了自我对抗的艰难消解，才有可能从自反走向同情，对遭受损害的他者抱以贴己的悲悯，也才有可能领悟到身外有灵万物的慈爱与抚慰，显示其照在块垒上的灵光：

唯有双手捧起泉水畅饮的人是有福的
我们在山间邂逅
他向我表示些许的歉意，为在我之前
领受了这甘泉
——《诗写多了令人厌烦》

7

不过，诗意的流转，评说的逻辑，可以如此对位么？

“我陷入犹疑，真的陷入犹疑 / 在这层意思和那层意思之间。”（《原音》）

及物、不及物，不论；在场与疏离，不论。虽皆可用以释读余笑忠的诗歌如何处理、呈现介入运动。换一番语词，来探说其诗的灵性。它向外转，是观照并化解对抗性关系带来的沉疴的另一条路径，与向内转相辅相成，相互转化。可它又非诗人拿来解决问题的“器用”，它既是内生的，又是被触发的，且可能被收走，诗之为诗，人之为诗人，缺其显现不成。它有神秘的一面，想呈现它，可遇难求，却是衡量诗歌和诗人的砝码（“器用”）中最精微的一块。迎着一评说它、它就可能流失的尴尬而论。

不通世故之诗，易轻飘、绝路。

太世故的人写诗，可能转不出来，窍多了，反而陷于窍中。

以诗为谋府名尸是一种艺术上的聪明瘾症，每每于水落后见妖，给诗歌留下伤痛。所谓日常生活的智慧（可至游刃有余）、社会生存的方略（以求左右逢源），其内容和方式皆可用于诗，但是也有可能损害诗。殊不知，诗也可以沦为世故之牌码，社会功用对诗歌的介入不乏强力和暗流。一个极端因而浅显的案例：《女神》集的作者本为汉语新诗开山之耀眼一人，其晚后的诗歌表现却落为今人的笑柄。当时呢？作者、读者幸免几人？哦，形势，语境，国民性？此中修有古远的幽暗魔道。

米沃什在读了一位波兰女诗人的诗文后，悖论式地给她“盖棺”：“她不是一位卓越的诗人。但这正好：/ 一个好人不会去学习艺术的诡计。”（《读安娜 · 卡缅斯卡的笔记》，黄灿然译）经验之论，也许含有自省过程中的难受与通达。

余笑忠点评诗歌同行的诗作时有针对性地说过一句颇有意味的话：“但有所思的诗，不如若有所思的诗，无名的天真状态的诗。”

出乎其外，真是难中之难，比如，灵魂出窍，非强力和谋略所能为，更非诗句语言直陈它飘出来了即是。“灵魂”这个词已被新诗滥写至失信，遑论出笼。

余笑忠在诗中对有灵的直接抒写越来越警惕、克制，他对诗歌（语言）自欺欺人之伪的一面有着自明之后的截断：“在灵魂的下层土壤里，我不知道 / 会生长出什么 / 我只知道会有自我缠绕的东西 / 我只知道再写下去 / 就有说谎的可能。”（《荷花之外》）可是，一种在伤痛、郁结甚至悲悯之外的光亮，时常萦绕在他的诗行间，给它们照明，还可能会穿透它们。他写在大旱之春喝浑水的孩子，“小心地喝完一碗水，孩子们 / 小心地用手指将碗底抹干净 / 在他们看来，手脏点无所谓 / 可以往衣服上擦，但不可以 / 往一张白纸上擦”（《2010 年春，云南的愁容》），一种与“出淤而不染”相通的灵光，自结尾平静地浮现，回流在一首哀诗上。有时，他还呈现寻常事物相介之时的微妙，背阴的植物，“它们有修长的茎，簇拥的绿叶 / 但省掉了花 / 有时阳光洒在上面，像浇花”（《在朝西的房子里》），现实与想象之间的连通来得很快，又戛然而止，稍纵即逝的吉光片羽，突然让残缺之物比丰实的还要完美。想象力不是被克制着，而是自然流出，甚至有点平常，像人们常用之而不觉那样，在此却会触发人的联想，连接起类似的事物与事态，比如残荷、断臂的维纳斯。

若强行分开来看，社会道德、思想逻辑中的普遍性，多为后天的营建与规约，灵性的贯通力，多为自发生成，其源难推，一旦对其纲举目张即失之于虚妄，它常体现为能够联结彼此的感应能力、良善、纯真等。余笑忠曾在一次关于他诗歌写作的对话中，受触发而言：“诗歌写作与其说需要动力不如说需要敏感，靠动力只能是支撑，而敏感则是自发的，是对事物的反应。这种反应能力一旦丧失，再强的动力恐怕也无济于事。敏感基于个人天赋和性情。”

愿再次冒以独断论的危险，我以为，余笑忠不仅敏锐地感应到存在者身上的灵光，且察觉到它的某种转渡。他似恐在诗中直接言明而丢失了它，转而在景、情、事、思的轮换中呈示出时隐时现的流觞曲水，常用否定句、转折语，有时甚至一否再否、一转再折，将理智与情感、审美与道德、社会与自然之域相贯连，当你指认是它、是它们时，又像不是，似幻又似真，因为它们之间的障碍不知不觉地被诗（诗人）穿透了。如这首《二月一日，晨起观雪》：

不要向沉默的人探问
何以沉默的缘由

早起的人看到清静的雪
昨夜，雪兀自下着，不声不响

盲人在盲人的世界里

我们在暗处而他们在明处

我后悔曾拉一个会唱歌的盲女合影
她的顺从，有如雪
落在艰深的大海上
我本该只向她躬身行礼

放弃对全诗的逐段细读，以单一的理性话语来作辨析可能会破坏诗意在多个层域自如流转的气韵。教育家孔子曾自反而叹“天何言哉”（《论语·阳货》），数次辞官后终于安贫乐道的陶渊明“欲辩已忘言”，此诗中观雪而自反的“我”领悟到“沉默诗学”的艰深与慧通，“我们在暗处而他们在明处”。有情、得智、修德、持信，而诗歌的化通，离不了不可说之“慧”。据说，“不可说”是一个关于无穷语言的数量词，要不，热爱音乐和诗歌艺术的维特根斯坦为何能从语言“图像论”的设限中解放出来，走入语言“游戏论”，去化解逻辑的包袱？化解障碍，也会是某些诗人毕生呈现的悲欣交集的功课。

挨打的牛无以还手，嘶鸣不已的蝉没有听力，另一位盲女触摸油菜花（也让人联想到卡佛的小说《大教堂》，二者诗意可通），被豢养的宠物狗渴望去雨中撒欢发出“畜生的气味”，诗人怜悯残缺、受困、受损的事物和人，甚至疼爱他们，可还不止于此。他通过他们感知到一种无以动摇的“自性”，“他们采走了你，但保留了树 / 是你和树相依为命，不是树和你 // 但你保留了你的弹性，你的黑色 / 从生到死”（《黑木耳》），这恰是在诸多所谓正常的人事上被掩埋、自我掩埋的，因为屈于暴力的邪恶或苦于亲亲相轧的暗黑，还因为强劲的教化、习俗、生活惯性使然，人被其消耗还拿其去消耗他人而“不明觉厉”。盲目的我们才是该被同情和唤醒、有幸才得以自明的，比如《安静的一天》：

雅雀鸣叫
在它们集体沉默的片刻
我等待下一声鸟鸣
总会有那么一只鸟
如人所愿，前来打破寂静
唯有它，真把肉体抛在了身后

对于失明者，唯有鸟鸣是公平的
是的，公平也可能是一种蒙蔽
那就由它蒙蔽吧
因为安静也是一种蒙蔽

8

其诗，屡见禁忌（多次写洗澡、雨的冲刷、祈光）与戏谑（描摹人事之憨态、窘态）相穿梭之处，如《一身冷汗》中。意外迭现，替空灵造居所，于训诫中别开生面。在结构上形成一张一翕的运动，打开，关上，再打开。他近年来的诗歌中，争相夺目的冲突逐渐减少，内在的隐性的冲突耐人寻味。相应地，其诗歌的节奏从早期偏快转到后来快慢相间。在不同的诗篇中，快如“热气弥漫，流水自上而下 / 尘垢体肤，卑身而伏 / 涂抹之，揉搓之，如此反复”（《沐浴记》），慢似“在这一口和下一口之间 / 可以有漫长的停顿 // 我在这停顿中 / 杯中物，也在停顿中”（《夜歌》）。在其长诗《幻肢》中，集中呈现了这种快慢结合的节奏，生命的律动。

气韵饱满又富有张力的诗歌，一般都具有回旋的结构和意味，一眼是看不透的。有时以为看清了，多为积习作怪。

有阻挡截断才有“回”，另有途径受其力、通其变才会“旋”。它不是线性地推进至结尾，每每，后面的单元与前面的既呼应又背离，既流逸又返照，前后都在这种关联中不断地焕发新的生机，生生不息，构成内里激荡的生命共同体，并且有可能将其周遭别的存在吸纳进来。这一点上，诗和音乐相通已久，现在又与综合艺术电影相通。也许，所有艺术的拔萃处都在此相通?

擅长占卜识相的季咸，屡次以为测明了不同形色之下的真人壶子，最终在壶子那水波逐流般的任然之态前落荒而逃（《庄子·应帝王》）。自以为是地介入，被“是”扑倒，这还算有幸。

评论之于诗歌，受到磁力的吸引，也难免探秘式地介入。所以若换一读者，余笑忠的诗歌甚或别有一番面貌。不敢妄言至今汉语新诗里头也坐着一个“哈姆雷特”，莫若你我得缘“借光，借风，借祖国之一隅”（《正月初六，春光明媚，独坐偶成》），抖一抖积陈、积沉的自己。

（选自《长江丛刊》2019 年 3 月上旬刊）

彭飞　《夜空》　水彩画　41cm × 31cm　2018 年

现代性之易与难

——从一个侧面看中国摇滚与汉语新诗

/ 杨碧薇

1994年，当何勇咆哮着喊出“我们生活的世界，就像一个垃圾场”（《垃圾场》）时，距崔健在工体唱响《一无所有》已过去了整整八年。八年时间里，中国的摇滚乐初出襁褓，便直接跳过了嗷嗷待哺的婴儿期，犹如脱缰的野马在时代的星空下一路狂奔。紧接着，魔岩三杰顺风顺水，登上了万众瞩目的舞台。当他们还在咀嚼着“巨星”滋味时，这个从不屑于等待任何人的时代，很快就会把他们从镜花水月的摇滚巅峰上轻轻扫下来，放逐到被流行文化遗弃的孤单角落里。

“站在这里，只有一个问题 / 向阳花，如果你生长在黑暗下 / 向阳花，你会不会再继续开花”（谢天笑：《向阳花》），不知当年的摇滚音乐人和乐迷们是怎样“穿过幽黯的岁月”（许巍：《蓝莲花》），反正，汉语新诗早就领受了这种滋味。20世纪90年代前后，新诗比谁都清楚：在80年代建造的那座灿烂城堡下，沙土的根基正在一点点松动，一点点坍软。1989年3月26日，敏感的诗人海子用决绝的方式同世界告别，率先充当了这场诗歌大溃败的预言者。伴着一阵悄无声息的坍塌，恍惚间，新诗已不是时代的宠儿，它跌下神坛，在“推心置腹已成过去……没人给你面子”（扭曲的机器：《没人给你面子》）的尴尬年代，如“一颗冬日的种子期待着新生”（穆旦：《玫瑰之歌》）。

这个时候，中国摇滚与汉语新诗几乎是“同呼吸共命运”了，但它们并不打算惺惺相惜、携手并进：摇滚试着重回地下，从低处突围，新诗则在内部掀起了叙事小旋风。这种坚决"不合作"的姿态，或许正取决于二者的秉性，也注定了它们不会走一样的发展道路。同时，这种"不合作"还深刻地影响了新千年以来的中国文化格局，令我们蓦然惊觉：80 年代那种百花齐放的文化盛景确实已经消失殆尽了；不知从何时起，文艺的各门类失去了对话的激情和交融的能力。这是当代艺术之大憾——精耕细作的创作方式不一定就佐证了我们的高级，相反，它无情地暴露出我们丧失了探索世界的野心，更不用说创造新天新地的大才。

其实，从发生源头来看，中国摇滚与汉语新诗虽然诞生于不同时期，但都与现代性有关，都有"西方"这一观照对象。

中国摇滚诞生于 20 世纪 80 年代。1980 年，万李马王乐队在北京成立，主要演绎西方老牌摇滚乐队歌曲。此后几年，阿里斯（1981）、蝮虫及（1982）、七合板（1984）、不倒翁（1984）等乐队纷纷成立。这期间，由艾迪等几名外国人组成的大陆乐队（1982）、香港的 Beyond 乐队（1983）也破土而出。1986 年，在工体的舞台上，崔健的《一无所有》一鸣惊人。人们发现，自我的迷茫以及对时代的困惑，都被这首歌表达得酣畅淋漓。通过这首歌，崔健不仅表达了自己，还成为时代的代言人。这种新鲜的音乐形式带给国人的体验如同行星相撞——压抑许久的力终于凝聚起来，发出急迫的呼喊。这感觉，用一个词来形容，就是"过瘾"，人们再也无法忽视摇滚的力量。从 1987 年到 1994 年，摇滚乐队如雨后春笋般出现在中国大地上：黑豹、ADO、呼吸、唐朝、面孔、青铜器、现代人、眼镜蛇、报童、红色部队、做梦、指南针、超载、AGAIN、自我教育、D.D.、穴位、粉雾、苍狼、鲍家街 43 号、子曰……现在，当我在深夜里敲下这些名字时，仍有一阵阵的血涌，仿佛一个时代的沸腾还在我指尖停留。当时的人们或许并没意识到，自新文化运动以来，摇滚乐是最为彻底的一种现代艺术形式。百年来国人对现代性的梦想，正在这种兴起于城市的音乐中实现。在摇滚乐身上，我们能看到现代性走到目前阶段的所有特征。而且摇滚乐并不满足于喊出时代的第一声，它还致力于对现代性的反思：它既是独立的，又是怀疑的；在两难的价值判断中，它领跑于时代，提供新的启示。什么是"先锋"（Avant-grade）？这才是真正的先锋。我由此想到，一些新诗诗人不加辨别，将所谓"80 后""90 后"等年轻诗人统称为先锋，真是愚蠢到家，也可笑至极。

摇滚乐是现代社会的亲生子。20 世纪 40 年代末，摇滚乐起源于美国；50 年代起，摇滚乐开始流行；在 60—70 年代，摇滚乐形成一股热潮。短短廿余年间，摇滚乐势如破竹，此种情形与西方社会 20 世纪中期以来的动荡及变化紧密相连，可谓是危机重重的现代文明的一次力比多反弹。摇滚乐身后的布景，就是高度发达的工业文明和日渐失去公信力的现代政治制度，是作为一股颠覆力量的青年亚文化的兴起，是对现代文明的深刻怀疑、反叛与反讽。如果说，靠这些还不足以证明现代文明就是摇滚乐产生的土壤，那么，回到摇滚乐的技术本质上去看，答案就再清楚不过了。摇滚乐的诞生依靠现代技术的保障。电子乐器的发明是一次伟大的声音革命。例如，通过效果器，电吉他可以模拟多种声音，制造特别的音色，产生独有的音效，如失真、混声、延迟、哇音等。这些电音既不同于自然之声，也与传统乐器的声音天差地别，它们丰富了人类的听觉体验，刷新了人们对声音的认知，也最适合表现现代人的情感和经验——它们就是一种新的世界观，就是摇滚乐的技术基础。

摇滚乐也受到了以往的音乐，如布鲁斯（Blues）、R&B、乡村（Country）甚至是爵士（Jazz）的影响，但这些影响更多是发生在结构、形式和具体的技法层面，并不能取代现代性对摇滚乐的决定性影响。自诞生始，摇滚乐也面临着定义的困难，破坏、解构、独立、自由、爱与和平、享乐主义、虚无主义、青年意识、宗教反思等，都是摇滚乐的关键词。没有人能彻底地说清楚摇滚是什么，但摇滚的定位和形象，始终呈现出明确的现代性，不会有人指着摇滚说：“瞧，这是古典音乐。”

中国摇滚是在西方影响下产生的，继承了西方摇滚的现代性核心；当然，中国的时代环境才是其基本背景，中国人的思想情感才是其基本动力。如今，中国摇滚也即将迈进不惑之年，一路走来，有艰难也有幸运。如果 20 世纪 80 年代不是它曾经的样子，而是另一种面貌，那么，中国摇滚就极有可能夭折，甚至它根本就不会诞生，还将推迟若干年才出现。庆幸的是，在 80 年代，中国摇滚诞生了，并且带着明显的现代性胎记。它与现代性的拥抱，与西方摇滚的天然黏合，对中国当代的追踪与捕捉，都是与生俱来的才能。对于中国摇滚，我试给出几个关键词：现代、都市、先锋、边缘（亚文化）、西方影响与中国当代。

谈完了中国摇滚的现代性，再来谈汉语新诗的现代性。1918 年 1 月，《新青年》刊出了胡适、沈尹默、刘半农的九首诗，新诗开始登上历史舞台。新诗的诞生，是新文学的必然逻辑，也是建立现代中国的需求之一；它包含的，正是对现代性的诉求，现代性就是新诗的基本规定。胡适说：“诗体的大解放就是把从前一切束缚自由的枷锁镣铐，一切打破：有什么话，说什么话；话怎么说，就怎么说。这样方才可有真正白话诗，方才可以表现白话的文学可能性。”[1] 这段话有几层意思：一、诗体的大解放就是“破除”，打破“从前一切束缚自由的枷锁镣铐”；二、诗体的大解放还是“建立”，建立的方式是自由地说话、表达，“有什么话，说什么话；话怎么说，就怎么说”；三、“大解放”既是诗体的解放、文学的解放，也是文化的解放，目的是弃古从新，在追求现代性的过程中，创造属于中国的现代文化，建立适应于中国的现代文明。

初出茅庐的新诗带着令人震惊的力量走在时代队伍的前列。1920 年，胡适的《尝试集》由上海亚东图书馆出版，这是史上第一本新诗集。1921 年，郭沫若的诗集《女神》由上海泰东图书局出版，标志着新诗取得了突破性进展。1927 年，鲁迅的《野草》由北京北新书局出版，他用自由的形式、丰富的语言和奇特的想象扩展了新诗的边界，为新诗输入了复杂的现代性体验……但是，标志性、高标杆的作品的出现，并没有抵消新诗受到的诟病。新诗自诞生以来，合法性就一直受到质疑，这种质疑带给新诗的困扰、对新诗形象的损伤持续至今，而新诗为此进行的辩驳也持续至今。

为什么会有质疑？在所有的问题里，现代性正是核心之核心。作为新文化运动的急先锋，新诗是新文学的一部分，它在思想与形式上的全面革新，体现的正是新文化运动的改革诉求：一是思想的现代化，二是语言的现代化。经过几次重要论争（如和甲寅派、学衡派的论争）和不懈努力，20 世纪中国的文学格局彻底洗牌，新文学占据了上风，获得了不争的统治地位，这一点，从小说和散文上可见一斑。惟独新诗，在文学革命中打响的是第一枪，却从未获得全面的认可。新诗的这一窘境，折射的正是现代性在中国之艰难。“现代性”本就是一个一直在发展、不可被彻底完成的概念，其动态性，加大了人们的理解难度，更加大了实践难度。王富仁指出，“严格说来，在现代社会里，就不存在‘完成的现代性’，因而‘未完成的现代性’这个概念也没有实际的意义”[2]。他进而认为，“‘现代性’是一种价值，却不是中国现代所有事物、所有文化现象的价值，亦即它不是惟一的价值标准。古典的、经典的、传统的价值仍然是一种价值，这种价值是以现实需要的形式而存在于中国现代社会乃至未来的社会之中的”[3]。所以，现代性在中国之难，还在于它并非一统天下；相反，它还与古典性、传统性相缠绕，共同构成一种特殊的属性。在这种综合属性中，现代性的价值常常被覆盖，对现代性的指认也变得困难。然而，现代性在现代社会中的接受配比仍是可观测的。例如，是喜欢传统戏曲的人多，还是喜欢电影的人多；是喜欢古典汉诗的人多，还是喜欢汉语新诗的人多……这些都体现了现代性的接受配比。可惜的是，新诗在受到质疑时，并没有坚定地捍卫现代性的合法性，亦没有坚决地表现现代性特征，因而总是受到身份问题的困扰。与此同时，古典汉诗依然是徘徊在新诗天空里的幽灵，依然在与新诗争夺阵营，这种情形还会继续下去。

在与古典汉诗的“PK”中，新诗的难处是：在现代性的规定下，新诗必须打破一切形式，故而缺少了古典汉诗的形式保障，古典汉诗只需在既定的框架内进行填充，而每一首新诗都是一次形式创造；在形式失保的前提下，新诗只能依靠现代性根基来发明新的诗意，确保新的诗意与古典汉诗的诗意有所不同，从而才能证明新诗的成立。然而，一些新诗诗人对于现代性的态度是模糊的、暧昧的、不坚定的。这就导致了他们一方面难以用心识别现代性体验，一方面又不能娴熟地操用现代写作经验，将现代性体验有效地转换到新诗里，建立结构性的新诗现代美学。在当下的新诗语境中，除了个别拔尖的优秀诗人外，大部分作为基数的诗人并没有真正地解决这个关于现代性的问题，他们要么是没有意识到问题，要么是提出反对意见。按照他们的思路，新诗不过是“新瓶装旧酒”，新的自由体形式不过是用来装下早已被抽去灵魂的古典体验，装下不复存在的田园、虚假的伤春悲秋和意淫中的才子佳人。换言之，他们宁可服膺于传统的谎言，做传统的奴隶，也不愿去发现日常生活的趣味，发现身边事和自己对此刻世界的体验。在抛弃了现代性之后，他们的写作不过是为新诗做出了屈辱且无知的注脚；在他们笔下，新诗不新不旧，不土不洋，不伦不类，既超越不了古典汉诗，也达不到新诗最基本的现代性要求。悲哀的是，一百年了，这样的基数至今逡巡在新诗生态的中低部，并以绝对的声音优势向大众宣讲着新诗是什么。新诗则不得不一次次应对这般尴尬：既因现代性的内在要求而失去形式的保护，又尚未建立起广泛的、牢固的与现代性配套的言说方式及美学机制。综合这两方面的尴尬，新诗合法性成了百年难题。

在现代性上，中国摇滚与汉语新诗呈现出极大的差异。这种差异的根本原因或许是：摇滚产生时，更像是现代性的“输出”，即现代性发展到现有阶段的阶段性（终端）产品；而新诗诞生时，更像是现代性的“蓝图”，它还不是产品，充其量只是产品的毛坯。杨春时指出，“现代性有感性、理性和反思—超越三个层面。中国现代性存在着感性现代性不足、理性现代性片面和反思现代性薄弱的结构性缺陷”[4]。比较摇滚与新诗，我们可以更深入地了解这三方面的问题。

摇滚没有古典的困扰，摇滚自己创造传统。摇滚的传统，就是现代性的传统，这一传统里包含着对现代性的反思，因而更有纵深，也更富洞见。例如，摇滚乐自问“为何我总要追求”（崔健：《一无所有》），自问“也许是我不懂的事太多，也许是我的错”（黑豹：《Don't break my heart》）。在这些感性的现代性体验上，摇滚乐又展开理性的反思：“这世界充满快乐，它让我艰苦”（超载：《距离》）、“什么能证明我活着，什么能证明我死了”（谢天笑：《昨天晚上我可能死了》）。短短半个多世纪以来，众多流派的崛起、不同风格的创造、大量优秀作品的涌现和不可忽视的社会影响力，都证明了摇滚乐构建自身传统的能力，也证明了现代性的创造活力。而摇滚乐是怎样处理与古典的关系的？我们看到，摇滚乐中即使包含了一些古典元素，也是现代性对古典的囊括、改造和利用，而非对古典的投诚。在舌头乐队的《妈妈一起飞吧，妈妈一起摇滚吧》里，就有一幅古典生活的图景：“不知道多少年以前 / 人们来到这里 / 给山和河起个名字 / 骑马的坐在马背上 / 放羊的跟在羊身后 / 牛儿吃草卷起舌头 / 狐狸和土狼寻找着野兔子的窝。”这幅图景正是被放在现代性视野下的——摇滚乐对它的描绘，正是基于对现代性的反思和批判；所以，现代性仍是歌曲言说的对象，也是歌曲要揭示的问题。

正如王富仁所说，“现代性”的概念一直在变动中，不可能存在“彻底的现代性”，摇滚乐自身也在不断发展变化。在年轻的乐队假假条那里，我看到中国摇滚乐已经有了属于自己的传统，这种传统正在影响新一代的音乐人，对他们提出了更高的要求。而假假条们对于“传统”更是有着敏锐的嗅觉，他们在有意识地打通中西文化，试着建立一个更丰盛、更深厚的摇滚文化体系。例如，他们将垃圾摇滚（Grunge）、德国前卫摇滚（Kraut Rock）、英国入侵（British Invasion）和中国民乐结合在一起，体现出崭新的开拓意识，对摇滚现代性的能指和所指都进行了新的发明。

相比摇滚，志在打破一切束缚的新诗反倒为自己添设了不少障碍。对于古典的态度，就是新诗通往自由之路上的“障碍”之一。当然，我从不反对新诗向古典学习，而是认为这种学习应该建立在理性地认可现代性的基础上，必须要以现代性为基准去眺望古典。优秀的新诗诗人都会明白这个道理：有了现代性的反思，再回头去看古典，方才是“禅中彻悟”“看山仍是山，看水仍是水”。这时的山水已不是最初的（古典的）山水，而是经过“看山不是山，看水不是水”的现代性反思过滤后的山水，张枣的《何人斯》正是这种过滤后的山水。如果缺少这一层反思，缺少对现代性的基本洞察，那么，新诗中所有的古典倾向都是可疑的、廉价的、速朽的。我对于新诗现代性症结的无情“指控”，可能会招致已洞察到这一秘密的新诗诗人的不满——因为，对于合格的新诗诗人来说，现代性从来都只是一种再自然不过的本能，它不应成为被反复论证、校准的诗学问题。但我们须谨慎的是：如果现代性在新诗里还不是大面积地铺展，新诗就仍将继续面对合法性的纠缠，而这，势必会分散新诗本身及新诗批评的宝贵精力。

那么，这一问题该如何解决？或许摇滚乐能为新诗提供有益的启发——前文说过，摇滚乐很难被定义，但它能被呈现；它呈现出什么样子，我们感知到的“摇滚乐”这种音乐类型就是什么样子。民谣摇滚（Folk Rock）让我们领会抗议的意义，朋克（Punk）向我们宣讲自由和解构，金属（Metal）带我们探索电音和速度之美……正因有了这些呈现，我们心目中的摇滚才是反叛的、自由的、解构的、音速的……同理，对新诗来说，最好的办法是进行有效的现代性写作，并让这种写作成为广泛的示范。摇滚之所以为摇滚，取决于创作者如何创作和演绎。而那些优秀的新诗诗人也可以用实际的写作证明：新诗应该是现代性的，并且，只有现代性的基石才能保障新诗的合法。当好的作品大量涌现，新诗的现代性也就不证自明。最终，关于新诗的现代性之难，我寄希望于“写”本身。我相信，好的作品会比辩论和空谈更有力。在新诗的第二个百年，是时候清理新诗身份问题的沉渣，也是时候该姹紫嫣红了。

2019-3-3 北京

注释：

[1] 胡适：《我为什么要做白话诗——〈尝试集〉自序》，1919 年 5 月，《新青年》第 6 卷第 5 号。

[2] 王富仁：《“现代性”辨证》《北京师范大学学报（社会科学版）》，2013 年第 5 期。

[3] 同上。

[4] 杨春时：《论中国现代性》《厦门大学学报（哲学社会科学版）》，2009 年第 2 期。

（选自《汉诗》2019 年第 1 卷）

彭飞　《朝圣》　水彩画　74cm × 54cm　2015 年

季度观察

“此刻世界上多少阁楼和非阁楼里”

——2019 年夏季诗歌阅读札记

/ 霍俊明

一首诗有时不是一首诗。它是一块石头。
它击中了你，正像你当时用来
击中别人。现在一切变得安静了。
你在上面雕刻出人形。

——张曙光《一首诗》（《江南诗》2019 年第 3 期）

在这篇诗歌阅读札记即将完成的时候我收到了江非 6 月 10 日自海南澄迈寄来的打印诗稿《我们的灯》（2017.1—2019.5；160 首）。封面的右上角格外标注出了“印制数：3 册”。这使得诗歌回到了朋友与朋友甚至兄弟与兄弟之间的信任，而不再关乎任何附加的意义。实际上多年来不管这个时代的传播体系发生了多么迅速甚至不可想象的变化，但是一部分朋友之间仍然保持了最为原始、最为纯粹的彼此信任的诗歌交流方式。正如江非这部打印诗稿的题目“我们的灯”一样，这是更小范围内的精神照彻。这几年红透日本的出生于 1986 年的女诗人最果夕日（日文“最果タヒ”）则一直在公众面前坚持“不露面”的隐身原则，她认为作品自身才是最重要的：“我真的不喜欢自己的个人信息被作为理解‘作品’的线索。说实话，作者简介什么的一直很碍眼。比如，太宰治自杀了，跟他殉情的女人是谁……这些八卦，我真的不想知道，只想单纯地读作品。（这虽然是我的个人习惯。）作者照片什么的，完全没有必要。我不想知道中原中也的眼神如何清澈，只想读他的诗。作者是短命还是长寿，是自杀了还是寿终正寝，是男是女，患病或健康……都是废话！这些私人信息，除了那些一年在咖啡厅聚一次的朋友之外，我才不关心。”

几乎是在同时，我收到了“第七届赤子诗人奖”获奖者朵渔的二十年诗选《夜行》（1998—2018）。“夜行”“漫漫长夜正是我们的机遇”“夜晚的思想”则显示了一个诗人的写作伦理和精神视域以及语言底色，也凸显了一个“同时代人”从“生死爱欲信”出发的特异精神禀赋和诗学征候。关于生存和写作的终极层面的深刻关联，朵渔说道：“朋霍费尔堪称楷模，他的信心与惶惑，他的坚定与脆弱，皆可效仿。他是在一切属人的事物上侍奉上帝的。这一切和写作有何关系？我觉得在终极意义上，写作和人生合而为一了，我们兜兜转转，最终还是要回到解决这个终极问题上来，人生是这样，写作也是这样。如果认识不到这一点，你的人生和写作将是分裂的。”（《答谢词》）

1

诗歌的“个人功能”“社会功能”和“内在功能”（尤其是语言功能）应该是同时抵达的，“诗人作为诗人对本民族只负有间接义务；而对语言则负有直接义务，首先是维护，其次是扩展和改进。在表现别人的感受的同时，他也改变了这种感受，因为他使得人们对它的意识程度提高了”（艾略特《诗的社会功能》）。这最终呈现出来的是语言和精神的双重可能性。由此，我想到的是当年一个诗人在田纳西州的山顶所放置的那一个语言的坛子，这就是诗歌的可能性——“我把坛子置于田纳西州，/ 它是圆的，立在小山顶。/ 它使得散乱的荒野 / 都以此小山为中心。// 荒野全都向坛子涌来，/ 俯伏四周，不再荒野。/ 坛子圆圆的，在地上，巍然耸立，风采非凡。// 它统领着四面八方，/ 这灰色无花纹的坛子。/ 它不孳生鸟雀或树丛，/ 与田纳西的一切都不同。”（华莱士·史蒂文斯：《坛子逸闻》，飞白译）

诗歌从时间序列上构成了一个人的语言编年史，而在所有的文体中最难持续进行的就是诗歌。由此我想到的是奥登关于“大诗人”的五个标准：“在我看来，一位诗人要成为大诗人，则下列五个条件之中，必须具备三个半左右才行：①他必须多产。②他的诗在题材和处理手法上，必须范围广阔。③他在洞察和提炼风格上，必须显示独一无二的创造性。④在诗体的技巧上，他必须是一个行家。⑤就一切诗人而言，我们分得出他们的早期作品和成熟之作，可是就大诗人而言，成熟的过程一直持续到老死，所以读者面对大诗人的两首诗，价值虽相等，写作时序却不同，应能立刻指出，哪一首写作年代较早。相反地，换了次要诗人，尽管两首诗都很优异，读者却无法从诗的本身判别它们年代的先后。”（奥登《〈十九世纪英国次要诗人选集〉序》）

在《草堂》第五期的“头条诗人”上我读到了韩东的一组近作，尽管曾经有一段时间韩东把写作精力几乎都投入到了小说写作当中，但是时至今日，韩东算是当代汉语诗人中少有的“持续性写作”的诗人代表——当然“持续性写作”的前提是有效性、发现性和创造力。韩东仍然持有了现实感受的灵敏度以及语言的发现力，这对于有着几十年写作经验的人来说已经着实难得。这实际上也是一个人的精神能力和语言能力的对应，“她立在窗边看雾 / 什么也看不见 / 于是就一动不动，使劲地看。 / 而我看着她，努力去想 / 这里面的缘由。 // 远处大厦的灯光从微弱到彻底消失 / 难道她要看的就是这些？ / 当窗户像被从外面拉上了窗帘 / 她也没有离开 / 背对没有开灯的房间 / 也许有影子落在那片白亮的雾上。 // 她看得很兴奋，甚至颤抖 / 很难相信这是一个刚刚失去慈父的女人。/ 大约只有雾知道。”（《看雾的女人》）

确实，持续性写作一直在困扰着诗人们。2019 年 5 月 17 日深夜我写完了关于赵野获得《诗收获》年度诗歌奖的授奖词：“赵野自二十世纪八十年代至今以其写作的活力、有效性以及精神难度矗立于诗坛。包括《苍山下》《春望》《剩山》在内的近年创作凸显了一个当代汉语诗人与本土诗学和现实境遇的深入互动与重构。赵野是游子，是故人，更是赤子，他从空间地方性和时代景观的深层动因出发以达成对传统和山河重塑的诗学抱负。赵野的诗是词与物的彼此唤醒，是个人化的现实想象力和求真意志以及精神载力在语言中的激活，是诗性正义和深度描写中创造的另一种存在形式，汉语的魅力和顽健的诗意是以阵痛的方式持续呈现。赵野做到了诗歌是语言真理，也是破空的万古愁。他的诗节制而丰赡，冷彻而刺骨，这是真实之诗也是命运之诗。词语的可能、深度的义理、精神张力以及存在的终极叩击为当代汉语诗歌提供了崭新的可能和精神启示。”其中有些话也是直陈给这个时代诗人同行们的提醒。

在《诗潮》第五期上我读到了潘洗尘近作，它们实则代表了近年来潘洗尘诗歌的一个巨大转向。这段时间我也在集中阅读他即将出版的诗集《深情可以续命》。

“诗歌能够续命”，这是我近年来阅读潘洗尘诗歌时最为强烈的感受，他的诗无疑属于“真诗”和“生命之诗”。在潘洗尘这里诗歌的到来是伴随着经验分蘖和生命阵痛而一次次抵临的。对他而言，也许个人的生命经验从来没有像今天这样变得如此重要，正如他所自陈的那样“我的诗都是从生命里长出来的”。而当下的很多诗人并没有像潘洗尘这样具有重新把控、再造和“发现”个人经验中的真正闪电并给予照彻的精神能力，而是在更多的时候像不断膨胀的气球一样滥用了个人经验。这样所导致的后果就是制造了一个个看似光亮而实则无用的碎片。生命经验的纯化和复杂化应该是同时进行的，正如那些火焰和灰烬，那些真实和虚无。其中有理想化的过滤和提升，又容留了经验、现实痛感以及生存状态自身的复杂性和张力空间，甚至其中也涵括了原生经验中芜杂的那一部分。不能不说，潘洗尘近年来体现在诗歌中的精神视域变得愈益开阔。与此同时，词与物也充满了时时调校和紧张关系。

绝处逢生产生的是生命之诗。潘洗尘是自省、独立的，又是悲悯、自挽的，愤世嫉俗而浑身芒刺，儿女情长而英雄气短，感喟命运而满怀缱绻。时间的无情剥夺使得每个身处其中的人都是五味杂陈、一言难尽而悲欣交集，哪个人说已经彻底参透了生死那几乎是不可能的，肉身和精神都是孤独而不堪致命一击的。时间，或者更具体地说是疾病以及死亡的挑战给一个人带来了全新的取景器——“在恐惧中忘了恐惧”，事物以及自我都得以不同方位和角度的深层观照和验证，“要真正看清一件事物 / 你必须首先学会 / 变换不同的方位 / 但这也只是常识的 / 一小部分 // 其实　面对大多数事物 / 时间才是它最好的角度”（《时间才是最好的角度》）。这是时间的焦虑中深度的生命意识投照以及精神对位的过程，与此同时语言意识也经过了更新和激活。词与物、诗和人、生及死、梦幻和泡影，它们彼此之间构成了“肝胆相照”“荣誉与共”的生命关系，它们之间以往的惯性关系得以拨正和重新发现。诗歌也就成了潘洗尘的生死相托之物，“所有的遗嘱 / 都早已写在诗歌里”（《死应该是一生中准备最充分的事》）。

一个人从未像今天这样变得如此强大而又谦卑，这是生与死的淬炼，这也是生存奥义在苦熬中的结晶。人总会来到分水岭，来到生死别离的关口，这时候任何语言（包括文学语言）都会显得虚弱无力，“我刚刚经历过的这一年，却是命运将我劈头盖脸地卷入地狱的一年”（《我的每一首诗都是从我的生命里长出来的》）。至暗的时刻却拓宽了精神视野并加重了思想载力。当一个诗人在词语和现实中一次次面对着死亡和正义，这就不只是一种单纯的勇气所能够完成的对应化的写作了。

2

在“内部交流资料”2018 年春季号《完整性写作》（共印制 250 册）中我不

仅注意到了世宾所强调的“诗”“语言”“世界”的真正关系，而且也读到了西渡对百年汉语诗歌没有“大诗人”质疑的内在焦虑：“新诗要得到完全的承认，还需要跨越这样一个关口——以一个或数个众望所归的大诗人，征服读者和批评，特别是那些新诗的怀疑家，同时为新诗提供一套建立于现代中国独特经验和现代汉语自身特性基础上的审美的、诗艺的标准，这些标准要能使新诗既有别于古汉语诗歌，同时又独立于西方现代诗歌。”（《新诗为什么没有大诗人？》）而谢冕先生作为总主编的近 400 万字的六卷本《中国新诗总论》（宁夏人民教育出版社）则从诗歌理论与批评的角度总结和展示了百年新诗的成就，这也是对新诗经典化焦虑症的一个缓解和改观。

今年夏天，在由北京开往天水（古称秦州）的高铁上我一直回想着公元 759 年天下大旱之际辞官不久的杜甫流寓时所作的《秦州杂诗》（之十四）——“近接西南境，长怀十九泉。何时一茅屋，送老白云边”。凝视着杜甫漂泊不定一生的流徙行迹图，从秦州经同谷往剑阁入成都，人生暮年又流落夔州、公安、越州以及潭州、衡州……杜甫在人生极窄之处迸发出来的正是人性的光辉、伟大汉语的光辉以及忧国忧民的诗史的光辉。我想到了江非这本打印诗稿中的那首写于 2019 年 4 月 1 日的诗《致杜甫》：“杜甫，你出生在那个越来越瘦的时代 / 那个时代肯定折磨了你 / 一同瘦下来和被折磨的 / 还有皇权和女人 / 可好日子又能怎样 / 好日子里不再关心草民和天下 / 爱情是雨天里 / 一同迈进门槛的 / 两只湿鞋子 / 只有安抚住自己的良心才是重要的 / 昨天，我收到了朋友寄来的一本译著 / 晚上我读了几页 / 如果天还能继续冷些日子 / 我还能再写些诗 / 可这些诗算不了什么 / 我不期望有什么读者 / 我今天早早地起床 / 还要去收拾我的一块小菜地和 / 穿过一条江水送孩子上学 / 路上的行人这时还不是很多 / 能同时碰上 / 绿色的垃圾车和白色的洒水车 / 我在柴堆里劈过柴 / 知道树墩和树瘤能熬过更多的岁月。”

必须强调的是“杜甫”关乎任何时代的诗性正义和语言良知。很多时候人们习惯性地把杜甫限定在社会学层面的“现实主义”的框架内，但我们对“现实”“现实感”“现实主义”的理解应该是历史化、多元化和开放性的。杜甫真正开创了诗歌中的现实并且是现实书写的集大成者。今天中国的现实已经空前复杂，这对汉语诗人提出了新的挑战，当代诗人“向杜甫学习”不应该成为空谈和口号，应该像当年的杜甫那样真正地理解生活、想象生活以及再造生活，并在诗歌世界中予以过滤、提升和转化，真正意义上通过诗歌把现实转化成历史。这才是当代人向杜甫致敬的重要动因，而杜甫是我们每个人的“同时代人”，真正的诗歌精神永远不会过时。

在由天水回北京的近八个小时的高铁中我一直在读葡萄牙诗人费尔南多·佩索阿的诗集《想象一朵未来的玫瑰》（杨铁军译）。对于一些诗人而言，似乎出生的那一刻就预示了此后他的人格和精神命运，比如里尔克、叶芝以及佩索阿都曾是星相学的超级迷恋者，自我认知、神秘主义、自动写作、超验意识以及未来时间的想象都体现在他们一段时间的现实生活和写作实践当中，“佩索阿终其一生对占星学有强烈的兴趣，他和著名的神秘学家阿莱斯特·克罗利通信，后者曾到里斯本访问过他，并在他的帮助下设局假装自杀（有趣的是，克罗利和叶芝曾同属一个叫作‘金色黎明’的神秘主义组织，两人之间有过激烈的冲突，但除此之外，佩索阿和叶芝应该没有什么个人关系）。佩索阿给莎士比亚、拜伦、王尔德、肖邦等名人绘制过星盘，也给他的异名制作过星盘，据传说，他还大致准确地预言了自己的死期”（杨铁军《想象一朵未来的玫瑰：佩索阿诗选·译者序》）。

“此刻世界上多少阁楼和非阁楼里”这句诗出自佩索阿。很多时候我们忽视了一个写作者的精神现实、内在现实，“今天我很迷惑，像一个好奇了、发现了、忘记了的人。/ 今天我被两种忠实撕扯，/ 一个是对街对面烟草店的外在现实，/ 一个是对万物皆梦的我的感觉的内在现实。”（《烟草店》）佩索阿是在他的时代不为人知的诗人，现实中极其孤独、局促、不安而在写作中则成了一个精神世界无所不能、特立独行的语言超人。我这样说想强调的是我们在各种报刊以及电子阅读平台上读到的诗人，其中不乏在这个时代已经成名的诗人，但是我们也必须相信一种可能，仍有很多安静的独立的真正诗人的存在，只是我们还没有与其在现实和文字中相遇、相识、相知。

在《诗歌月刊》第五期上我读到了阎安的一组近作，“有一条或者许多条在象征之中活着的河流 / 是仿佛来自于偶然之中的河流 / 是一条或许多条沙漠上的河 / 是在细小的茎叶的脉络中 / 像密集的毛细血管一样 / 轰轰作响　奔腾不息的河 // 一条或许多条沙漠上的河流　细小的河 / 一棵树中的河　深邃的河 / 连着树根在黑暗中穿越的河 / 像空一样在寂静中流逝的河 // 是一条在象征之中比在真实之中活得更强大 / 在超验的身体和内心中 / 阴郁和燃烧同样强烈的河”（《象征之河》）。是的，“精神的边界正是语言的边界”。而他的那篇随笔《鲸鱼是大海的孤独》同样令我印象深刻：“我们生活在一个如火如荼的大迁徙的时代，所有的人都在指向外地的路上，离出发地和目的地同时越来越远的路上。这其中包含着某种神秘的迷惘，也包含着某种充满了超脱色彩的对盲目和混乱的迷恋。人们向着反自然的方向无休无止地挺进，一个没有远方的时代也就是没有故乡的时代，比以往任何时代都要更彻底地到来了。就像飞越漫漫征程的鸟在飞翔中以风为巢，诗人席卷其中。诗人，他是一个有特殊使命和嗜好的人。外地是变动不居的，外地很难找到核心，外地的中心不一定是城市，它有可能是金属材料、塑料材料、混凝土材料等混合材料所组装起来的迷宫世界。整个世界暴露在外地，它试图模糊或埋没界限，仿佛一场规模浩大的陷落而没有终点。而诗人必须凭借自己类似逆存在、逆生长的惊人的敏感和先知先觉，承担起廓清整体世界的现实界限和划出人与人性时空底线的使命，做那个使语言获得现世新起点、时代新起点的筑巢者。”

鲸鱼与疆域，阎安是有着写作“大诗”冲动的诗人，也是某种程度上试图冲击诗歌极限的写作者。他的精神版图足以让人望而却步，似乎只有当年的海子和昌耀的心灵精神才有如此的蔚为壮观。这在他诗歌中阔大的时空结构中不言自明，还比如那些一般人不太敢使用的“大词”“伟辞”和铁索般抖动的长句——当然使用的前提是语言的有效性。阎安的诗既是沉稳虚幻的也是锋利迅捷的，阔大的时空和内心空间与具体而微的事象和细节并置。他写出了精神自白书，也写下了瞑晦的超现实的寓言镜像以及读者难以判断和把握的狂想曲。从想象力来说，既有成人的理性深度又不乏孩子般的任性、怪诞，“任自己像一只失控的气球一样满世界飘荡”。阎安是一个异数，“我的写作和阅读有一种背着别人进行的样子。”（访谈《北方书写者的恐龙文体》）这反倒是成就了他的独立，准确地说应该是他的独立、边缘和旁观使得他和诗坛一直保持着适度的距离。这得益于多年来他的精神储备和观察世事的角度，也得益于长期的训练和个人才能。他的诗在阅读上会形成一股汹涌而来的异端的压迫感。这个异数在于他很少有惯性理解意义上的西部诗人的“土气”“乡气”，而是少有的写作层面的“另类”“异数”“实验”“先锋”“现代派”，甚至从写作技巧和修辞层面看他的诗还有些“洋气”“文气”。这并不是所谓的“变异”和“嫁接”——这也许正是他追求的精神和语言的“优雅”以及突出的诗歌文体意识。正所谓，人“土”诗“新”。多年来，知识化、历史化和定型化的“西部表达”已大体失效，或者说诗学意义上的“西部写作”“乡土经验”“民歌体”已形成巨大的瓶颈。阎安作为一个生活在“西部”

的生存者和写作者，其诗歌的地理坐标、精神元素以及核心意象谱系却恰恰不是“西部”，甚至也不是他诗歌中反复出现的世界的“北方”，而是更广阔、芜杂、纵深的文化和心理背景上的“深度空间”——“我一直认为这里也是世界的北方”。这一主导性的空间意识和本源性的心理结构是时间意识、生命机能和个人化历史想象力在求真维度上的彼此呼应和相互打开。

辰水最初的诗歌写作就将精神视线投注到了乡村（安乐庄）事物和乡野普通人物的命运上，并且多年来他一直都保持着“乡村见证人”的精敏身份。其最新的作品《叙事：乡村》（《散文诗》2019 年第 6 期）我并没有着意按照“散文诗”的形态来阅读，我只是将之视为一个当代写作者的精神缩影和文本档案。就辰水的乡村（乡土）诗歌写作而言我们不得不再次关注一个自新世纪以来的写作伦理：为什么写作乡村？乡村发生了什么？“乡村叙事”是否正在经历着复写的瓶颈期？“诗人”与其他文体作家的一个重要区别即在于他具有不断强化的“精神肖像”，他的精神生活得以在文本世界中不断塑形。显然，辰水是一个诘问者和游走者，同时也是困守者和出逃者。对于乡村伦理、人世万象以及新旧时代的碰撞，辰水都更像是一个夜晚的失眠者和游荡的幽灵。他也因此持有了倾听的耳朵和眼力的可见度，甚至更像是一个乡村的辨音师。在辰水这里我甚至还目睹了当年鲁迅笔下的那个“黑衣人”——走投无路、虚妄空诞、向死而生、长歌当哭。显然，辰水并不是孤立的乡村叙事者——卑微而虔敬、冷峻而分裂、宁静而屈辱、自责而虚妄。与他同时代的写作者很多都成了过去时乡村的怀旧者，这一回溯的眼光使得过往也蒙上了理想主义的色调——“我试着倒退着找回从前的自己”。诗歌在涉及乡村历史和现实经验的时候对诗人也提出了更高的要求，诗人不只是一个观察者和镜像描摹者，也不能成为社会报告式的平面分析者。诗人和诗歌应该通过特殊的文字世界完成精神生活，完成对一个时段的深层经验和内在动因的剖析和命名，甚至更为伟大的写作者还能够通过普世性经验和个人化的历史想象力以及求真意志完成对时代的超越。唯其如此，诗人也才能承担起布罗茨基所说的“诗歌是对人类记忆的表达”。这不只是我对辰水的阅读期待，甚至是对同类型诗人的一个期待。当然这一期待和要求显然是在文学史的层面提出来的，而很多写作者显然不能对此做出完满的应答。

3

长诗也许最能考察一个诗人的全面的写作能力，这是对语言、智性、精神体量、想象力、感受力、判断力甚至包括体力、耐力、心力在内的一种最彻底、最全面的考验。“长诗”能够写小则是大诗人，没有细微、具象和日常化的境遇，“大诗”也不足以称为“大诗”。

汉语新诗一百年，诗人们在写作上的自信力显然不断提升，而很多浸淫诗坛多年的诗人也不断尝试进行长诗写作。这似乎都为了印证自身的写作能力以及诗歌实力，也是为了给一个想象中的诗歌史地理建立一个可供同时代和后代人所瞩目的灯塔或者纪念碑。确实，长诗对诗人的要求和挑战是近乎全方位而又苛刻的，不允许诗人在细节纹理和整体构架上有任何闪失和纰漏，同时对诗人的思想能力、精神视野、求真意志以及个人化的历史想象力也提出了更高的要求。反过来，也必须给一些嗜爱长诗写作的诗人泼一盆冷水，因为从汉语诗歌传统来看长诗未必是衡量一个诗人重要性的首要指标，甚至能够得以流传下来的恰恰是一些短诗以及其中耀眼的句子。

20 世纪 80 年代包括江河、杨炼、昌耀、海子和骆一禾以及 20 世纪 90 年代的欧阳江河、于坚、西川等都曾在长诗写作中进行了尝试和创新，但毕竟是曲高和寡而应者寥寥。从 20 世纪 80 年代到今天，在不同的阶段都有代表性的长诗文本出现，且不乏现象级的。但是平心而论，很多诗人和评论家缺乏对这些长诗深入考察的能力和耐心，尤其是一些体量巨大的长诗使得专业阅读者也望而却步。以往的长诗大体有一个整体性的结构，反之很难成立，比如神话原型、英雄传奇、民族史诗等。但是随着近年来诗歌和文化整体性结构的弱化，取而代之的是一个个即感的碎片，那么长诗的写作可能会面对着相应的挑战甚至危机。也就是说，如果没有了一个整体性结构的话，那么长诗该通过什么来完成？甚至我们还必须认识到很多长诗是在急迫的妄想症和文学史野心的驱使下仓促产生的，更多属于半成品和次品，而有的所谓长诗也只是欺人蒙世般地把系列短诗拼凑在一起而已。

《山花》第六期推出了杨炼的“精神命题”意义上的长诗《挽诗》。

该长诗由六个部分组成，按照杨炼自己的说法“本诗六部分标题与长度，完全依循肖斯塔科维奇第十五号弦乐四重奏结构”。由此我们必然注意到该长诗与音乐之间的对话关系——“多于音乐 / 少于音乐 / 慨叹 / 是无边的”，注意到长诗的结构（哀歌、小夜曲、间奏曲、夜曲和葬礼进行曲）和精神内核与肖斯塔科维奇以及顾城之间的精神互动关系，注意到一代人与每代人的内在关系。杨炼这首长诗的意义在于既能够写出“个人之诗”又能在个人的基础之上开拓出历史化的精神“见证之诗”和致敬的“对话之诗”，能够写出具有时空共时体和精神命运共同体意义上的总体之诗，“一株虎皮兰的金线 / 沿着音乐的死后生长 / 我噙着茫茫的泪　听自己长进石珊瑚 / 被吸尽　一首小长诗 / 无限轻　无限浊重 / 慨叹的地平线　提纯从指甲到颅骨的钙 / 拢住悲苦的星球 / 离开 / 一转身倒空所有名字”。

确然，在一个写作碎片化的时代当代汉语诗歌迫切期待着更多总体性诗人的出现。

《作家》第六期推出谷禾近千行的长诗《周庄传》。

谷禾曾经在 2018 年将长诗《周庄传》的初稿发给我看并让我提提建议，而多年来他的诗歌总是让我想到真实不虚的精神背景和写作命运。近年来谷禾最为推崇的诗人无疑是杜甫，注重的是杜甫式的现实感和诗性正义。而谷禾的这首《周庄传》“非虚构长诗”之所以格外强化了“非虚构”以及“献给我的村庄”实则是让我们思考写作和现实的关系以及存在和词语的关系，就诗歌的“现实”“本事”以及“非虚构”来说这提供的确实是一份诗学和社会学共生、校正和彼此打开甚至博弈的复合文本。这也是“元诗”层面的语言态度、精神方式以及生存现实感的个人历史化的深度观照，“我的诗不是黑白胶卷 / 数码相机，不是灰色泪水 / 琴弦或绳子，不是 / 一声叹息，脑后反骨 / 选择性失明，不是眼中钉 / 肉中刺，咬碎的牙 / 冰与火，我的诗有神性的光 / 它在纸上与自己交谈 / 从泥土的黑暗里向上 / 比树木更高地举起天空 / 它倾听的耳朵比泪水干净 / 我的诗，有虬枝铁干 / 铜的清澈回声。它写给 / 无限的少数人，写给 / 五十一岁，写给初生婴儿 / 它的红色血管，骨头 / 扎根于我的爱与痛失的纠结 / 这隐性的祖传痼疾 / 它是属于周庄的，活着的人 / 读到它，死者摩挲 / 它卑微的边缘”（《周庄传·我的诗》）。

当谷禾在诗中指向了人物命运、人性渊薮、乡村历史以及个体存在视角的时候，诗歌是世道人心，是流年碎片，是残酷的戏剧，是脆弱而蛮横的乡村档案，是并不轻松的唏嘘故事，是恍惚莫名的历史本相，是社会经纬的隐秘纹理。这是个人经验、现实经验以及历史经验与修辞经验、语言经验融合在一起的复合体，这自然也是诗人求真意志的体现。语言状态下重新审视和塑造出来的“周庄”总是让我不由自主地想到一个写作者的精神出处，“1967 端午出生于豫东平原一个叫大周庄的村子，父母皆为农民”（《谷禾文学年表》）。由谷禾的诗歌写作方式我想到了几年前我和谷禾的一次长谈中他所强调的诗人的写作态度问题，“对一个写作者来说，诗歌首先是一种情怀，你用它去观察世界、认识世界、发现世界，抒发自我，写得好与差是能力问题，但从一开始就必须有一种真诚的态度——真诚地面对世界和自我，如果这个你做不到，至少我是怀疑写作的意义的。当写作和现实发生联系以后，诗歌当然不能是飘在天空的浮云，它必须扎根于大地，接通地气方有生命，有生机，有活力。这么多年来我一直没有改变自己的这一理念。”（《“为了救赎，我们必须病得更深？”——谷禾访谈录》）确实，谷禾的诗歌写作方式让我愈益感受到“真实”“现实性”或“现实感”之于诗人的重要性。甚至在谷禾这里我看到了当下中国诗人普遍缺乏的质素，即写作的诚意，在谷禾的诗歌中我不仅看到了一个生命的历史以及现实想象，我更感受到了一个人的血肉、骨架、呼吸和灵魂。

自 20 世纪 80 年代至今，四川一直是写作长诗的重镇，在不同时期贡献出了重要性的诗人和文本。赵晓梦 1300 行的长诗《钓鱼城》（最初发表于《草堂》2019 年第 1 期，单行本由中国青年出版社 2019 年 4 月出版）则是近年来不多见在诗歌写法上具有某种发现性的作品。该长诗对应的是长达三十六年的钓鱼城保卫战。尤其对于赵晓梦而言这首长诗写作是旷日持久的。“生平第一部长诗，一千三百行《钓鱼城》终于写完了。在秋九月一个细雨终于绵绵的夜晚。自中午还是蔓延的酒意还未散去，又增添了几分小感动。但那个夜晚，我终于睡了一回安稳觉。”（《一个人的城》）

赵晓梦体现在《钓鱼城》这一长诗中的写作之所以说具有发现或开创性，是因为这是三重奏、独白体的命运史诗、精神史诗和心灵史诗——我这里提到的“史诗”更多是指涉面对历史的文本，是抒情化的东方叙事类长诗。这体现了诗人的历史态度和写作态度。这不再是传统诗学的“以诗为史”或“以史为诗”，也拒绝了全知全能的宏大历史判断，而是体现了个人化的历史想象力和求真意志以及精神复原的能力。这也不是一般意义上的叙事诗，而是抒情化和个体主体性极其强调的带有叙事因子的诗，整个意象和场景以及空间繁茂而富有弹性、诗性和张力。三个核心人物构成了三个声音主调——类似于舞台上的独白，各自支撑而又相互独立，从而形成了区别于传统叙事长诗写作的非重心抒写。这是诗性的历史话语，注重人物的命运和灵魂的立体化呈现，这是精神剖析式的长诗。这使得主次、明暗、高低和正反不再是二元对立的，而是相互融合的，是立体透视和散点透视的结合。对于这段震古烁今的罕见历史来说，任何人企图重构都是不可能的，所以赵晓梦在这首长诗中呈现的是时间化的历史、修辞化的历史和精神化的历史。他没有充当一个结构者或者解构者，没有求证历史也没有解释历史，因为他们都不是历史本身。这是叙事的抒情化和历史的命运化，既是人物独白又是咏叹调。赵晓梦的这首长诗印证了诗歌不是真理，也不是常识，而是个体的精神认知方式。李敬泽先生则认为赵晓梦这首长诗的选材非常好："我们民族的历史中有很多至今不为人熟知的英雄业绩，'钓鱼城之战'就是其中之一，它在一个世界规模的事件中发挥了影响，一根钓竿钓起了世界，它值得被书写。诗人赵晓梦做了个'大梦'"，"对历史上这样一个非常宏大、复杂的大规模事件进行创作，很有挑战性，但赵晓梦用了一个很巧的办法，史诗包含着大规模的人类行动，是大规模的人类行动的记忆。行动包含着叙事，你就要讲事。现在不仅是讲事的问题，赵晓梦把笔都放到了每个人的内部，也就是说对人的外部的观察度舍弃了，直接从内部去看，这个我觉得是一个非常大胆和非常有意思的办法。"同时李敬泽也从更高的要求出发指出赵晓梦的《钓鱼城》还没有写完，值得反复地深化和不断地去完成，"像《钓鱼城》这样一个伟大史诗值得反复斟酌、反复去写、反复发现。目前这个《钓鱼城》是第一版，甚至可以写到二三四版，写到 60 岁。到时候，我们可能会看到一部真正的铭刻着我们民族的伟大的业绩和记忆的，同时又蕴含着我们这个时代对于时间、空间、历史、文明、生死等等一系列基于我们民族生活的深刻思考的这样一部伟大的史诗，我们非常期待。"（参见李敬泽 6 月 9 日在北京小众书坊举行长诗《钓鱼城》研讨会上的发言）

4

我想重点谈谈近期阅读赵亚东和路人丁诗歌的一些感受，这也算是对当下年轻诗人写作群体的一个提醒吧！

赵亚东的经历我听李琦等人提起过，早年曾经是一个三轮车夫，真正的社会底层——"从乡村到城市这二十年 / 小人的算计与坏人的围剿 / 一次次突出重围 / 遍体鳞伤，也绝不低头认输"（《自白书》），而我对他作为一个青年诗人的认识是在第 31 届青春诗会的审稿会上，那时我对赵亚东的诗歌印象还不是太深。而近期得到的赵亚东的诗歌，我最强烈的感受是他的诗歌又提升了一大截儿。赵亚东的诗歌声调低沉，这与他真正的底层身份和观察事物的位置和角度密切相关。正如一位伟大诗人曾经说过的那样：生活的边界也就是语言的边界。其诗歌场景往往处于阴冷与温暖、暗淡与亮光的交界地带——“深陷于细小的火焰”，因此他的诗歌具有明显的复调因素和张力结构。赵亚东能够借助极其细微甚至隐秘不察的事物予以观照和抒写，这使得他的诗歌质感和想象空间彼此升发。在对事物和细节的反复擦亮中，他的诗也获得了同时代人少有的沉思的智性。赵亚东的诗是清冷而内敛的，谦卑和敬畏之心的持有使得他成为一个朴素的诗人、感伤的诗人以及真诚而内敛的诗人。赵亚东的诗歌温暖而不煽情，深沉睿智而不卖弄，手法多样而不炫技。因为是苦孩子出身——背负精神十字架的人，真正在底层打拼和熬生活的赵亚东在诗歌中往往会躬身向下把自己放在很低的位置上，他的眼光也随之是平视甚至向下的——敏感精细而又忐忑不安。这就使得他能够更为细微地凝视细小和卑微之物，尤其是对于那些苦痛、焦灼的事物他更为敏感、多思也更为深情赤诚——“一想到有那么多没有回家的人 / 我就心慌，手足无措 / 发烧的鞋子，黑暗中伸出去的手指 / 在风中，一截一截地折断”（《背负》），进而能够在尘世间小小的风吹草动中发现自我以及时间的秘密，“我为什么越来越低沉 / 比草丛中的石头还要低 / 怀中的野兔，瑟缩着，咀嚼去年的干草 / 在我曾栖身的黎明中的橡树林 / 倾听着乌苏里江东去的脚步 / 幼年放牧过的枣红色马驹 / 踏过我额头上的沟壑…… / 在这清冷的早晨，我没办法偿还更多 / 如果还有所亏欠，我希望 / 就在此地，此时 / 让刺进雨滴中的荒草 / 指向我，携带着凌厉的 / 闪电和雷声”（《指向我》）。

诗人既是“现实公民”——必然会注视现实的苦难，同时也是“时间公民”和“语言公民”——不能只是抒写现实境遇。赵亚东并没有只是成为一个“日常诗人”和只对“可见之物”发生的表层诗人，他在对日常、真实和现实发出自己的诗歌声音之外他也同时对那些更为内隐、高邈、神秘、位置的“不可见之物”保持了持续的倾听姿态，“我们到底背负着什么 / 松塔从头顶坠落 / 不小心熄灭了暮晚时分 / 微温的云霞”（《背负》），“我以为，我是那个看到了一切的人 / 在时间的褶皱里 / 藏得很深的命运 / 起伏着 // 而我没有看到的事物 / 正在我的骨肉里 / 隐身”（《隐身》）。这样的容留的发声位置和综合的观察视角所产生的诗歌既指向了自我又指向了时间深处以及更为难解的精神命运。由此，赵亚东的诗歌就同时获得了日常意识、生命意识和时间意识。而《溺水》《再见》《你终会变得和我们一样》这样的诗更像是现实和寓言同时共存的样式，尤其是在虚实相间场景的复述中我们不只是与过去时的生命相遇，也是与沉痛的荫翳的记忆相互磨砺。尤其是这几年来赵亚东的精神自我和诗人肖像越来越清晰和突出，这可以看到一个诗人精神生活的变化过程。他的诗歌触角自然离不开北方阔大而冷彻的空间，甚至在某些诗句和诗歌场景中赵亚东的诗有时会让我想起当年弗罗斯特的雪夜林中停留——这是精神的叩访和时时的诘问，想到更为遥远的伟大俄罗斯诗人明亮而忧悒的眼神。其诗歌中的意象和场景往往是在室外甚至是冥想中的事物——比如森林、山石、星群等等，而这些事物也总是浸润和充盈着诗人的精神能力和想象力。在此刻与凝恒的对视中“时间之诗”得以诞生，而里尔克曾经强调的“球形经验”也随之产生，质言之诗歌中的经验和诗人观察事物的方式都是立体的多层次和球形结构的。这样，诗歌就不会沦为表层之物，诗人也不会堕入扁平经验的泥淖之中。

《滇池》第五期的“诗手册”栏目推出了“90后”诗人路人丁的专辑。

有时候阅读一个人的诗除了其文本内部的特质之外，我们还会不由自主地去关注他的现实生活和精神背景。路人丁，一个二十多岁的“90后”人生之路也才刚刚开始，并没有可资谈论的丰富深刻的阅历，但恰恰是这个从青年到“精神成年”的过渡时期对一个人的生活态度和语言态度是至为关键的，“你不用担心，我已经同生活和解”（《二十五岁》）。这更多的时候并不是出自肯定而是出自更多的疑问和不解。对于路人丁的诗歌的优点和缺点我并不想做太多的评骘，我更为关注的是一个青年写作者的写作前景和写作能力。对于路人丁来说，诗歌有着不可替代的重要性，诗歌甚至使得人生也变得可靠和扎实，我想这是最为关键的。这回到了诗歌的功能问题以及一个人为什么写诗的老问题上来，而谈到诗歌我们又不得不再次关注我们自身的内心世界以及身边的这个快速变化甚至裂变的既熟悉又陌生的世界。我甚至想到了匈牙利作家克拉斯诺霍尔卡伊·拉斯洛的一句话：“我还相信：这个在爱的洪流中焚烧的世界，需要一个可以无限扩展、充满生机的内核，一个衔接点，一个作为变化的源泉、可以无限聚储全部回流的积水深潭……”每个人面对自我和内心的时候很容易出现的两个方向正是“相信”和“怀疑”，这个时候“自我的诗”就诞生了。这样的情感指向的诗既需要外物和想象化的精神指引又需要一次次自我的认知和重新审视，而这最终呈现和剥离出来的也正是"成长之诗"。路人丁并不是一个诗歌中的过度抒情者和滥情易感者，她的诗情感表现适度而具有较好的把控力，情感和质感都比较突出，比如她的诗歌在抒发挥之不去的情感的时候更多的时候是借助于那些场景和细节，这样的诗就变得可靠而扎实并且具有了较强的象征意味和情感氛围，而不是"从说到说"，从而很好地把握了表现和呈现的关系。在路人丁这里当然有对这个世界的"相信"和憧憬——比如《馈赠》这样的清亮、晴朗的近乎个人乌托邦之作，与此同时她也不幸地成了这个时代的"异乡人"。这还不只是地理学意义上的从大西北来到了大西南，而是在于从心理和文化的层面也代表着流动社会最为典型的精神症候。"这样的一段岁月，大概每个人都曾拥有，它单薄，脆弱，在我们幼年的时候和某个人紧紧联系在一起，和我们生活的土地连在一起，在物质生活不充裕的时候，它充当了父母以外的陪伴。它珍贵，年幼时我不懂，明白时已经成年，成年人觉得委屈，却不知道为谁委屈，更不知道应该在哪里痛哭。黑夜收留了绝大多数的异乡人，剩下的那些，靠着记忆，摇摇晃晃，在一个有月亮的晚上，敲响了故乡的大门。"（路人丁《放羊的孩子》）由生存背景的转换出发我们注意到路人丁诗歌中的情感和记忆功能，她的诗歌总会不由自主地在西南的夜色中转过头去看看遥远的"北方"，那是一首首回望式的"抒情诗"。她可以通过情感的抒发甚至宣泄找到一个精神出路从而慰藉自己，也可以找到一个人记忆的源头和初始之处。这是一种打捞式的写作方式，"这口井，不会归还过去的光阴 / 比如，让它重见光明的挖井人 / 比如从前掉进去的一只铁桶 // 此刻我在等待，冰凉的井水 / 把一个西瓜伤到不会流血 / 唯有沉默和黑夜 / 才能在夏天肆意活着"（《等待》）。

我想，对于年轻的诗歌爱好者和写作者来说诗歌并不仅仅是青春的产物，我也很难相信诗人中有什么"天才"，我只希望写诗的人、爱诗的人和读诗的人能够在人生的不同阶段真正地热爱着诗歌，像呵护自己的童年和母亲一样，而不是借助诗歌来炫耀自我或打击旁人。

2019 年 6 月 26 日，此时正是盛夏，也是小众书坊创办两周年的日子。

商震、徐南鹏、彭明榜和我已经坐在了北锣鼓巷云洱小镇餐馆二楼的露天阳台上，突然发现四个人都是白羊座。如此炎热的季节竟然在暮晚时刻吹来了罕有的凉风……此时餐馆阳台上到处都是塑料做的绿植，而我在恍惚中想到了宋代诗人王淇在《春暮游小园》中道出的人与时间、世态在缓慢摩擦中生发的隐痛与怃然："一从梅粉褪残妆，涂抹新红上海棠。开到荼蘼花事了，丝丝天棘出莓墙。"

图书在版编目（CIP）数据

诗收获.2019年.夏之卷/ 雷平阳，李少君主编
. -- 武汉 ：长江文艺出版社， 2019.9
ISBN 978-7-5702-1196-8

Ⅰ. ①诗… Ⅱ. ①雷…②李… Ⅲ. ①诗集－中国－当代 Ⅳ. ①I227

中国版本图书馆 CIP 数据核字(2019)第 170933 号

责任编辑：谈　骁　　　　责任校对：毛　娟
装帧设计：马　滨　　　　责任印制：邱　莉　王光兴

出版：长江出版传媒　长江文艺出版社
地址：武汉市雄楚大街 268 号　　邮编：430070
发行：长江文艺出版社
http://www.cjlap.com
印刷：湖北民政印刷厂

开本：720 毫米×1020 毫米　1/16　　印张：19　插页：2 页
版次：2019 年 9 月第 1 版　　2019 年 9 月第 1 次印刷
行数：8208 行

定价：45.00 元